なんで婚約破棄できないの⁉

登場人物紹介
レオナルド
オータニア国の王太子。キャサリンの前世の愛読書では人畜無害な好青年だったが、この世界では押しの強い性格をした腹黒い策士で、キャサリンが大好き。
キャサリン・レイバー
オータニア国の伯爵令嬢で、レオナルドの婚約者。この世界は前世の自分が愛読していた小説の世界であり、作中のキャサリンは、レオナルドとマリアンネの恋の障害となったために処刑されたと知っているため、早く婚約を破棄したい。

ダヌア・ジール
オータニアと友好的なヴァンドジール国の第三王子。レオナルドとは年の離れた友人。人をからかうことが好き。
ダルトワ
隣国バーゴラの伯爵家当主。不穏な噂が絶えないがなかなか尻尾を掴ませない、狡猾な人物。
マリアンネ・ブラウン
隣国バーゴラの子爵令嬢で、キャサリンの前世の愛読書の主人公。留学生としてキャサリン達の通う学園に入学することになる。
セレーネ・アビントン
オータニア国の公爵令嬢。キャサリンを可愛がっている。
アマンダ
キャサリンの侍女。無表情で厳しいが愛情深い人物。

最初は驚きの連続だった。

すべては七歳のときに、父に無理やりお願いして乗せてもらった馬上から落ちた事から始まった。見事に頭頂から地面にぶち当たった私は夢を見た。

夢の中にいたのは三十歳の女性だった。一人で暮らし生計を立てている自立した女性。天涯孤独のようだったが、たくさんの趣味を持っていてとても充実した日々を送っていた。

知らない言葉、知らない街並み、知らない世界……何ひとつ知らないはずのものなのに、どことなく懐かしさを感じた。

目を覚ますといつもの見慣れた天井があった。ぼんやりとダマスク柄の天井を見上げながら、私は思った。

——あれは私だと。

「キャサリン！」

大きな声が聞こえて目線を横にずらすと、泣き腫《は》らした顔の両親と使用人たちがいた。みんなの話から察するに、私は落馬事故から丸一日眠っていたようだ。

(お父様もお母様もひどい顔だわ)

幸いにも私に目立つ怪我はなく、大きなたんこぶが出来ただけで済んだようだ。

貴族社会は傷物には敏感で当たりが強いから、とても幸運な事だった。

「すまないキャサリン、私がお前を馬などに乗せなければこんな事にならなかったのに……っ！」

「お、お父様、落ち着いて。私がわがまま言って乗せてもらったのよ。お父様は悪くないわ」

いつものダンディなお顔が涙と鼻水で台無しになっていた。お願いだから、それらを拭いてください。

「もう馬に近寄ってはダメよ。あなたが傷つくなんて耐えられないわ！　うちにいる馬は全て、どこかよそへ連れて行く事にしましょうね」

「お母様……、勝手に落ちたのは私だから馬に罪はないの。だからどこにもやらないで」

それに馬がないと馬車が使えなくて困るから……

「お姉さま、早く治して僕と遊んで……」

目に涙を溜めながら私の袖《そで》を握る可愛い可愛い弟のケビン。

私がみんなに大丈夫と言って微笑むと、ほっと安心したように全員が優しい顔になった。

きちんと療養してね、ちゃんと休むのよ、などと口酸っぱく言う過保護な家族を見送りながら考えた。今世の自分について。

――私はキャサリン・レイバー。

レイバー伯爵家の長女で、三歳下に弟のケビンがいる。

両親は傍《はた》から見ると恥ずかしいほど仲睦《なかむつ》まじく、お母様は現在妊娠六ヶ月の妊婦である。

お父様はレイバー伯爵領の敏腕領主で、南北に広がる領地も豊かで領民からの信頼も厚い。

そして思い出した前世の自分。

明瞭《めいりょう》な記憶ではなかったが確かにあれは私だった。染めたような茶髪にパッとしない平凡顔。今の自分に似ているところはひとつもないけれど、それでもあれは私だと心が叫ぶ。

「……すごい。これが前世でいう転生ってやつなのね」

鏡を覗《のぞ》くと今世の自分が映る。

七歳の少女が鏡の中にいた。

前世に比べると美人だと思う。少女でありながら手足がすらっと長いし、腰まで伸ばした髪は明る過ぎない透き通るようなプラチナブロンドで、少しだけ勝気そうな翡翠《ひすい》色の猫目が特徴的だった。

こんなにも外見は前世と似ていないのに中身は同じなのか、前世でも今世でも趣味は読書だった。

いろんな本を読んでいたなぁ。歴史書からサスペンス、ファンタジーやホラーなど、他にもライトノベルやネット小説も大好きだった。恋愛ものも好きで、その流れで乙女ゲームなんかにも手を出していたし。

「これでこの世界が小説とかゲームの中とかだと、正真正銘のテンプレってやつだわ」

もしそうだったら面白いのに。

「ふふ、まあさすがにそんな事ないわよね」

今世の自分はキャサリンなんだから、前世の事はもう過ぎたものとして考えないと。

「とにかく、今は七歳なんだもの。それらしく振舞わなきゃ」

いくら可愛くても、少女の姿をした三十路《みそじ》のおばさんだなんて嫌だわ。

前世の両親は早くに亡くなっていたから、今世では前世出来なかった親孝行をしたい。あんなに愛してくれている家族なんだから、変な事を言って驚かせたり心配させたりしないようにしよう。

そして目一杯親孝行するのだ！

七歳の私は決意を新たにした。


——そして落馬事故から早五年が過ぎた。

こんな簡単な一文で終わらせてしまうのもどうかと思う。実際には一言で終わらせられない日々だった。

本当に、ほんと〜うに、怒涛《どとう》の五年間だった。

なぜかって？

なぜなら自分が悪役令嬢の立場だという事に気がついたからよ！

その事実に気づいたとき、私は卒倒した。落馬事故から半年後の出来事である。

ある日気付いた衝撃の事実。あまりのことに呻《うめ》き声しか出さなくなった私に、家族や使用人は心配しまくりである。

みんなはどうしたのかと尋ねてきたが、私は一切口を開かなかった。これ以上心配をかけたくなかったから。両親は私をギュッと抱きしめて話したくなったら教えてねと微笑んだ。

親孝行すると胸に誓ったというのに早くも困らせてしまうなんて。

(でもね、こればかりは言うわけにいかないの)

言えるわけがない――私が将来、わずか十八歳で処刑されて死んでしまうなんて!

「……絶対死んでなるものですか」

死んでも死ぬものかと思った。なぜなら今世では絶対に親孝行するのだから。

私たち子供を心から愛してくれる両親を、不幸にさせたくない。両親よりも早く死ぬなんて最大の親不孝だ。

そのためには今後自分に襲いかかる運命を変えなくてはいけない。絶対に死なないために。


――ここは私の好きだった恋愛小説の世界だった。

まさか本当にテンプレだったとは……、しかも私は悪役令嬢。そう、物語の主人公であるヒロインの邪魔者である。

小説の内容はありきたりなシンデレラストーリー。ヒロインと王子様が結ばれる、王道中の王道だ。

王道ストーリーってときどき読みたくなるのよね。何も考えずに読めるから。……それが前世の自分がこれを読んだ理由である。

「私は王子の婚約者で、二人の仲に嫉妬して主人公をいじめる役か。……正直、嫉妬していじめるとか、くだらないの一言よね」

婚約者がいる人に擦《す》り寄る主人公も、婚約者がいるのに別の女性に入れあげる王子も、最低だし馬鹿だわ。そんな事が起こったら醜聞《しゅうぶん》どころの騒ぎじゃないでしょうし。

そもそもそんな婚約者、こちらから願い下げだ。

恋人が別の人に想いを寄せた時点で、どんなに好きだとしてもスッと気持ちが冷めるでしょう?嫉妬心でいじめにまで発展するなんてあり得ない。

王子——この国の王太子殿下は今、九歳で婚約者はいない。だが物語上では、彼は十五歳になると、外交と勉学に励むために隣国へ遊学する事になる。そして、隣国に着いた時点で、王子には婚約者がいた。

ヒロインである主人公はこの国の人間ではなく、隣国の子爵令嬢なのだ。遊学の最中に王太子と市井《しせい》で出会う。

お互い身分を偽ったまま、紆余曲折ののちに想い合うようになるのだ。

(それぞれ心の葛藤《かっとう》が甘酸っぱくてすごくいいのよね。読んでるこっちがドキドキしたのを覚えてるわ)

そして遊学を終えて帰国をするときに、王太子は目印としてペンダントを渡す。次に会うときは本来の自分でと言い、別れるのだ。

それから数年後に二人は我が国の学園で出会う。ヒロインが留学という形でやってくるのだ。

王太子殿下が十八歳、ヒロインが十六歳のときである。

どんどん王子と距離を縮めていくヒロインに婚約者であるキャサリンは嫉妬し、憎悪を抱くようになる。そしてその結果、主人公をいじめ蔑《さげす》んでいった末に犯罪に手を出すのである。だがあえなく失敗、キャサリンは処刑される。彼女に断腸の思いで手を下すのは、弟である次期伯爵だった。

その後二人は結婚し、ヒロインは王太子妃となり、やがて民から愛される人望のある王妃となるのだ。そういうストーリーである。

(――いやいやいや、おかしいでしょう!)

婚約者のいる身である王太子に近寄っておいて、どこが人望のある王妃だよ。そもそも小説の中でキャサリンと王太子が不仲という話はなかったし、キャサリンが無能だという描写もなかった。という事は完全に略奪でしょうそれ! 泥沼だよ! 修羅場じゃん! あと弟である次期伯爵ってケビンじゃん! 十三歳になったばかりだろうあの子に何やらせてんの!

つまり、私がどんなに王太子殿下と仲良くても、妃として合格だとしても、最終的にはヒロインにすべてを奪われるという事だ。恐ろしすぎる。私の人生ハードモードかよ。

しかし幸いな事に私はまだ婚約者ではない。

「私としては、まずは婚約者役を降りる」

そう、婚約者にならなければいいのだ。万が一、婚約者候補として名前が上がっても、殿下に婚約者にふさわしくないと思ってもらえるように振る舞う。

妃としてふさわしくない人間をわざわざ選ばずとも、殿下と年の近い貴族令嬢はたくさんいる。他の令嬢をあてがえばいいのだ。

ヒロインと王太子殿下が出会うまであと六年。

果たしてまだ六年もあるのか、もう六年しかないのか……

どちらにせよ、それまでに私はその後の身の振り方、必要な事の準備をしなくては。

「そもそも王太子殿下に会わなきゃいいのよね。よし、私なら大丈夫！　やれるわ！」

バシンと気合いを入れるように頬を叩く。

今度こそ親孝行して家族と仲良く暮らすんだ！


——……とか簡単に考えていましたよ。ええ、本当に私が浅はかだったのです。わかってますとも。


「きゃー最高よ、キャサリン！　さすが私の娘だわ！」

「本当にとてもよく似合っているよ、天使と間違えてしまいそうなぐらいだ」

今日という日のために用意された新品のドレスに身を包み、私は引きつりそうになる表情をどうにか堪えて微笑んだ。

「……ありがとうございます」

悲しいかな、これが現実だと認めたくない私を無理やり馬車に詰め込むとお母様は満面の笑みでいってらっしゃい、と送り出した。ああ、市場に売られに行く子牛の気分よ……

先に馬車に乗り込んでいたお父様は苦笑していた。

「そんなに絶望したって顔をしなくても」

「だって……」

「王妃様はとても優しい方だから大丈夫だよ」

お父様の言葉を聞いて思わず頭を抱えた。

（なんでうちに王家の紋章入り封蝋《ふうろう》のお手紙が来るの？　しかも王妃様の招待状とか、どうなってるのよ……！）

記憶が戻る以前の私は、なかなかに才女だと持て囃《はや》されていた。思うに記憶はなくとも前世の影響があったのではと考えてる。三十路《みそじ》の女性が七歳の勉強についていけないわけないのだ。

王子の婚約者は優秀でなければならない。それは当然だろう。国を導く立場の人間が頭空っぽでは困るのだ、主に民が。

私は婚約者という大役に選ばれたくない。それならばどうすればいいか、実に簡単な話だ。

私が〝普通〟だと思わせればいい！

そうして立てた作戦は功を奏し、才女とまで謳《うた》われた私の評判は年相応なものへと変わっていったのである。私はめでたく〝普通のご令嬢〟になった。

しかし結婚はしたいので、評判を下げ過ぎずに可もなく不可もなくで落ち着かせた。

私だって、両親みたいな素敵な家族を作りたい。孫だって抱かせてあげたい。

だからこそ王太子殿下の死んでしまうかもしれない婚約者にはならない。

絶対に！

なのに王妃様直々にお茶会に呼ばれるなんて……

「何がそんなに心配なのかな？」

「――え？」

「不安だ、って顔に書いてあるよ」

困った顔をして笑うお父様は私を安心させるように頭を撫《な》でた。

まさか、娘が死ぬか生きるかのわかれ道に立たされているなどとは思っていないだろう。私も思いたくない。

馬車が王都内をゆっくりと走る。馬の蹄《ひづめ》が石畳の道を踏むたびに、リズミカルな音が車内に響いた。

「……正直言うとね、心配なの。王宮もお茶会も初めてだから。ついつい色々考えちゃう。考えても仕方がないんだけどね」

誤魔化《ごまか》すように笑うとお父様は眉尻を下げて言った。

「初めての事が不安なのは誰もが皆経験する事だ。だからキャサリンが不安に思うのは、おかしい事じゃないいさ。でも今日は私が付いてる、そうだろう？」

「……でも」

「大丈夫。もし嫌になったら、体調が悪いからと言って帰ればいいんだ。無理にいる必要もないさ」

言外に守ってあげる、と言われて、不覚にも目頭が熱くなった。

「私のせいでお父様に迷惑をかけるかもしれないわ」

「はは、どんとこいだよ」

「王妃様を怒らせちゃうかも」

「心配ないね」

「……ふふ、そこは心配してよ」

「やっと笑ったね。キャサリンは笑った顔が一番だよ」

柔らかい表情で私を見つめるお父様は、どこまでも父親の顔をしていた。

（ああ、守られてるって気がするわ）

冷えていた心がふわっと温かくなった。

そうよ、お父様やお母様、ケビンのためにも私は頑張らなくちゃいけないの。家族の幸せが私の幸せに繋がるんだもの、後悔のないようにしなくちゃ。

そう決意した瞬間、馬車が停《と》まった。


王宮へ着くと、すぐに庭園へ案内された。

美しく整備の行き届いた庭園は色とりどりの花が咲いている。

垣根の間にある美しい彫像や調度品、場と調和した四阿《あずまや》が庭園の美しさをより際立《きわだ》てていた。

それはまるで庭園にある美術館のようだ。

「はぁ……とても素敵」

あまりの絶景に思わず感嘆の声をあげる。

――っていけない、いけない！

私はここへ何しに来たの。ここはいわば戦場よ、私は今敵陣のど真ん中に立ってるのよ。決して油断してはダメよキャサリン！

グッと拳に力を入れ、緊張したまま案内役の侍女の後ろをついていく。

（でも結局、何も思いつかなかったなぁ）

招待状を頂いてから、いかにしてこのお茶会を乗り越えるか、ずっと考えていた。

何度対策案を考えたところで、本物の社交場に出た事のない私にはそれをシミュレーションする事さえ難しい。

とりあえず他の令嬢たちに場を任せて、不自然にならない程度に相槌を打っておけばいいだろう。当たり障《さわ》りのない事を言っておけば目立つ事もないだろうから。

私の何が王妃様の目に留《と》まったのかわからない限り、下手に動くのはよくない。

いかに〝普通〟の令嬢かという事を、王妃様にはわかっていただく。落胆されたっていい。家名にさえ傷がつかなければ私は平気だ。勝手に期待して失望すればいいんだ。

「こちらでお待ちくださいませ」

薔薇《ばら》のアーチをくぐった先に大きな木があり、その下に綺麗にセットされたテーブルがあった。

促《うなが》されるままに椅子に腰掛けると、上品で柔らかなクッションがお尻を包んだ。

非現実的な状況に緊張が高まる。心臓がキュッと絞られるようだ。

（どうにかして落ち着かないと心臓破れそう……）

心を落ち着かせようと、周囲を失礼がないように見渡して、はたと気付く。

――椅子が四席しかないという事に。

「え？」

そのうちの二席は私とお父様が座っている。

という事は残り二席なわけだ。

え、これはまさか。

「……お父様、今日って他の方々は……」

「ほか？」

「私たちの他に招待されている方もいますよね？　まさか私たちだけって事、ないですよね？」

「いや、我々だけだよ」

驚愕《きょうがく》の事実に目を見開くと同時に、王妃様が侍女たちと共に現れた。

「お待たせしちゃってごめんなさいね」

初めて間近で見る王妃様は神々しく、まさに国母に相応《ふさわ》しい気品があった。この景色にあるすべてが、彼女によってくすんでしまうほどの美しさを纏《まと》っている。

あまりの美しさに一瞬見惚《みと》れてしまったが、急いで立ち上がり、カーテシーをした。

「本日はお招きいただきまして大変光栄でございます。王妃様におかれましては――」

「あら、よしてちょうだい。今日はプライベートのつもりで呼んだんだもの。気楽に楽しみましょう」

私の挨拶をちょん切って王妃様は微笑んだ。うぐっ、眩しい。

座るよう促《うなが》されて席に着くと、すぐにメイドがアフタヌーンティーの準備を始めた。紅茶のいい香りが立ち込める。

とってもいい香りのはずなのだが、緊張しすぎて吐きそうである。

カチコチになっている私を見て、王妃様はふふ、と微笑んだ。

「そんなに緊張しなくていいのよ。わたくしは貴女《あなた》とお喋りがしたかっただけなの。取って食うわけじゃないから気を楽にしてちょうだいな」

「はい……」

優しく声をかけてくださるのだけれど、御尊顔《ごそんがん》が美しすぎてかえって緊張が増します……

「はは、やはりキャサリンには王妃様とのお茶会なんてまだ早かったかもしれないね」

私の緊張をよそにお父様は朗《ほが》らかに笑う。

「もう！　貴方のせいなんですからね！　もっと早くキャサリンに会わせてくれれば、こんなに緊張させる事もなかったのに」

睨《にら》みつける王妃様の視線を物ともせず、逆に挑発的な表情をする父は普段の優しい父ではなかった。

「可愛い娘は隠したくなるものですよ、王妃様」

「過保護すぎる親の愛情は時として子供の成長を阻害してしまうのよ、ジャック・レイバー」

「妻も子供たちも、大事なものはなんでも大切に仕舞っておきたい性分でね。誰かに取って食われたくないですから」

「なんですって？」

一触即発《いっしょくそくはつ》な雰囲気を醸《かも》し出す二人。バチバチと火花が見えるようだ。

（え、え？　なにこれ、この二人、知り合いなの？）

「あぁ……、キャサリンったら、そのポカンとした表情、マーリンにそっくりだわ。まるで生き写しのようね」

うっとりとした顔でこちらを覗《のぞ》き込む王妃様は、先程までの神々しさが裸足《はだし》で逃げだしたような顔をしていた。ちなみにマーリンとはお母様の名前である。

「王妃様とは母さんを通じて知り合ったんだよ。まあ、私は一方的にライバルだと思われてるがね」

「ら、ライバル」

「この男、わたくしのマーリンを掻《か》っ攫《さら》って行ったうえにキャサリンまで隠そうとしたのよ。今まで大人しく個人的にお手紙を書いていたのだけれど、毎回もみ消すものだから、あまりの腹立たしさに思わず権力を使っちゃったわ」

「権力……」

あまりの衝撃に唖然《あぜん》としてしまった。

ちょっと予想外過ぎじゃありませんか、神様……

（なんというか、王妃様がお母様を大好き過ぎてめっちゃヤバいって事は十分伝わったわ）

親しみよりも恐怖が増したのは秘密である。

「そういえば、キャサリンには心に決めた人がいるのかしら？」

「え、心に決めた人ですか？」

（それはつまり婚約者って事よね……）

しばらく普通にお茶を飲みながら話に花を咲かせていると、王妃様が急に内緒話をするかのように小声で話しかけてきた。

「今回はわたくしが貴女《あなた》に純粋に会いたかっただけなのだけれど、ちょうどいい機会だから是非紹介したい子がいるのよ。会ってみてくれないかしら？　会うだけでいいのよ。無理に薦《すす》めるつもりはないの」

「王妃様、それは……」

お父様が難色を示すが、王妃様は気にもしない。

さり気なくテーブルの上にある私の手に手を重ねて言う。

「本当に会うだけ。ね？」

心からそう思って言ってるのは伝わってくるけれど、王妃様の圧力というかオーラというか、それが凄《すご》い。若干瞳孔《どうこう》が開いている。

蛇に睨《にら》まれたカエルとはまさにこういう事か。身をもって知るとは。

「えっと、その……」

会うのはいいのよ、会うのは。ただそれがその、あの人じゃないなら。でもこの流れ、この感じ……

もしやとは思うけど、まさかって事はないよね？　ないわよね？

万が一ここで彼が出てきたら――

「呼びましたか、母上」

「ぎゃあーー！」

突然の声に飛び上がらんばかりに身体が揺れた。その拍子に机に当たり、置いてあるカップがガチャンと鳴る。

従者と共に現れたのは、この国の王太子殿下であるレオナルド・オータニア殿下だった。

「ああ驚かせてしまったようでごめんね。ドレスは大丈夫かな？」

令嬢にあるまじき声をあげたにもかかわらず、優しく心配してくれる殿下に私は頬が熱くなるのを感じた。

(か、か、カッコよすぎる……っ！)

小説を読んで理解していたが、目《ま》の当たりにした殿下はとんでもなく顔が整ったイケメンで、まだ成人していないはずなのに、どことなく色気が漂《ただよ》っている。

顔立ちは王妃様にとてもよく似ていて、風でさらりと舞う綺麗な金髪に深い海のような碧眼《へきがん》。あまりの完璧な容姿に、ここが天界なのではないかと勘違いしてしまいそうだ。

「た、大変お見苦しいところを……、お許しください。王太子殿下」

「いや、背後から声をかけられたら誰でも飛び上がるよ。失礼があったのは僕の方だ。謝らないで」

衝撃から急いで立ち直りカーテシーをすると、殿下はさらりと自然な流れで私の手を掬《すく》い、甲に唇を落とした。

十四歳とは思えぬ洗練された行動と気品に思わずぎょっとすると、殿下が微かに口の端をあげる。何してもセクシーなのはなぜなの！

「レオナルド、彼女はキャサリン。レイバー伯爵家のご令嬢よ」

「キャサリン・レイバーです。以後お見知りおきを」

お見知りおきされたくないので是非一瞬で忘れてくださいお願いします！

「キミが……」

え、なにその反応は何？　めっちゃコワイ。

何を考えているのか、こちらをじっと見つめてきた。その仕草もとても素敵なのですが、あまりこちらを見ないでいただきたい。視界から外してくれ。

「とーっても可愛い子でしょう？　レイバー伯爵家の秘蔵っ子よ。私ったら今日初めて会ったのに虜《とりこ》になっちゃったわ！」

私を見つめながらうっとりとする王妃様に思わず後退りしてしまう。

「母上、怖がらせていますよ」

苦笑しながら殿下は私のそばへ歩み寄ると一言。

「――かく言う僕も虜《とりこ》になりましたけどね」

微笑む殿下を見て、私の目の前は真っ白に染まった。


目が覚めたら随分豪華な寝室にいた。

「――え？」

ここはどこ、ってかどういう事？

起き上がり、辺りをきょろきょろ見渡すと、ちょうど部屋にワゴンを引いて入ってきた人物がいた。私専属の侍女アマンダだ。

「よかった、お目覚めになられたのですね。お怪我はどうですか？　ご気分が悪いなどありませんか、お嬢さま」

「……ええ、大丈夫よ。それよりここは？」

見知らぬ部屋に私とアマンダ。一体どういう事？

「……覚えておられないのですか」

「うっ……残念ながら」

そう言うとアマンダは小さく息を吐いて、紅茶を用意してくれた。

その溜め息、すごく嫌な予感がする。

アマンダは私が小さい頃から屋敷に勤めているメイドで、私が彼女を気に入ってからは、私専属の侍女としてとてもよくしてくれている。

私が〝普通の〟令嬢を目指したときも、一緒に協力してくれたよき理解者だ。

「お嬢さまは倒れられたんです。王妃様と王太子殿下の前で」

「え！」

「そのうえ、どのような会話をしていたのかはわかりませんが、王太子殿下のお言葉に対して『勘弁してください！』と大声で叫んだあと、突然走りだしまして」

アマンダがもう一度ゆっくり息を小さく吐き出す。

「ご自分のドレスの裾《すそ》を踏んで転び、地面で顔面強打、そのまま意識を失ってしまいました。そんなお嬢さまのために、王妃様がお部屋とお医者様の手配をしてくださいました。以上が今に至る経緯です」

ちなみにお医者様は、お嬢さまが気を失っているときに額の擦《す》り傷だけ診《み》てくださって、そのままお帰りになりました。アマンダはそう言うと紅茶の他にフィナンシェがのったお皿をテーブルに用意した。

（なんてこった。やらかしたなんてもんじゃないわ）

「うぅ、なんという令嬢にあるまじき行動……」

「ええ、全くその通りです。〝普通〟にこだわるお嬢さまらしからぬ行動ですね。普通のご令嬢は王太子殿下のお言葉に大声で叫んで走りだしはしませんから」

「うぐ……」

「一体いつまでそうなさるのか知りませんが、正直、お嬢さまは普通のご令嬢からは逸脱《いつだつ》しているように思いますよ」

アマンダの言葉は辛辣《しんらつ》だが、とても心配してくれているだけなのだ。

私が普通にこだわり始めた頃から気にかけてくれており、無茶や我儘《わがまま》に聞こえる事でも心底望んでいることであれば手助けしてくれる。ただし、怪我を負う事は、とても怒る。

「今回は、その……驚いちゃって、なんというか衝動的に……？」

「お嬢さまの衝動的は随分と突飛なのですね」

毎回心配させないでください、とアマンダに怒られて落ち込んでいると、部屋をノックする音が聞こえた。

「キャサリン、私だ」

返事をするとお父様が入ってきた。

かなりやつれている気がするのだが、どうしたのだろうか。

「体調はどうかな、怪我は……」

「お父様、ごめんなさい。私とんだ失礼をしたみたいで……」

擦《す》り傷は三日ぐらいすればかさぶたになって治るらしいとアマンダから聞いた事を伝えると、お父様は珍しく大きな溜め息を吐いた。その珍しい姿に心配になって駆け寄ると優しく抱きしめてくれた。

「キャサリン」

「はい」

「ここを出よう」

「……は？」

「急いで荷物を持つんだ。アマンダも準備してくれ」

「承知いたしました」

急に動きだした二人に私は慌てた。どういう事⁉

「ちょ、ちょっと待ってお父様、どうしたんですか。一体何をそんなに慌ててるの？」

「……用事を思い出したんだ。なるべく早く領地へ帰りたい」

こんなに急ぐだなんて、もしかしたら領主の仕事を任せた執事から何か連絡が来たのかもしれない。

確かに今回の移動も急な話だったから、お仕事も中途半端だったのかも。

「わかったわ、すぐに準備を――」

「そんな急がなくていいじゃないですか、キャサリン嬢」

「ひっ」

お父様の背後からにゅっと現れたのは、今一番会いたくなかったレオナルド王太子殿下だった。

「レディの部屋に無断で入室とは。感心いたしませんよ、殿下」

「おや、これは失礼。一応声はかけたのですが、なにやら不穏な会話が聞こえたもので、返事を聞く前に入ってしまいました」

咎《とが》めるお父様に対して、まったく悪びれもなく笑顔で答える殿下に若干冷えるものを感じる。笑顔なのになんだこの迫力は。

「それで、帰られるのですか？」

「ええ、急ぎの仕事を思い出したもので」

「なるほど。それなら仕方ありませんね」

扉の前にいた殿下はコツ、と靴音を立てて一歩前に出た。

十四歳なのに高身長だからか少し前に来ただけでジワリと圧力を感じる。

「うーん……けれどおかしいですね、レイバー伯爵とはお話をしている最中だったと思うのですが。まだお返事を頂いていませんし、母上もお待ちですよ。——帰るのはそれが終わってからでもよろしいのでは？」

十分や二十分で何かが変わるわけではないでしょう？

静かにそう問いかける殿下の様子に頬が引きつる。

（——おかしい。この人、私が思ってた性格と違うのでは……？）

こんな有無を言わせない迫力のある人だったのだろうか。物語の王太子殿下は無駄にキラキラしていたし、笑顔も仕草も人畜無害的な好青年だったはず。

実際はこんな風に押しの強い人だったという事？

まあ元が小説だし、数枚の挿絵しかなかったから表情の変化はわからなかったのかも。でもこの本は、登場人物の些細《ささい》な仕草や表情の描写が評判だったはずだ。

となると、やっぱり違うって事……？

父と殿下の睨《にら》み合いを他人事のように眺める。二人とも顔がいい。

「キャサリン嬢、お怪我は大丈夫でしたか？」

「へ？」

余計な事を考えていた矢先だったので思わず変な声が出た。バトルの最中だったはずの殿下は、いつのまにか私を見ていた。

しかも殿下の眉がハの字だ。どうやら私のおでこを見て綺麗な眉を歪《ゆが》めているらしい。

何を隠そう、このおでこには、それはそれは大袈裟《おおげさ》なガーゼが貼られており、顔の大半が白い。恥ずかしいぐらい白い。

見た目はとーっても痛々しいが、すぐに治るような擦《す》り傷である。完治に三日もかからないような。……なぜこうした、医者よ。

それより怪我を負うに至った経緯の方が恥ずかしいし、もう見ないでいただきたい。

「殿下、さ、先程はたいへんご無礼を……」

「――僕としては」

凛としたよく通る声で遮《さえぎ》られた。

……この親子は人の話をちょん切るのが好きなのだろうか。

「責任を取りたいと言っているのだけど、なかなか伯爵が首を縦に振らなくて」

（ん？）

「だって僕のせいで驚いて怪我をしたでしょう？」

（んん？）

「じゃあ責任を負うのは僕だよね」

（んんん？）

「あのぉ……、責任とは」

私が恐る恐る聞くと、殿下はそれはもうとてもいい笑顔で言った。

「婚約をし」

「ごめんなさぁぁーーーーいぃ！」

殺される！　殺される！　すぐに殺される！

なんでこんな話になるのよ、一体全体どうしてそうなるの！

誰も婚約なんか望んでないわよ！　責任を、って軽い気持ちで婚約されて殺されるなんて死んでもゴメンよ！　あ、うそ、死にたくない！

（――しまった）

焦って殿下が話してる最中に言葉を被《かぶ》せてしまった。王族の話を遮《さえぎ》るなどあってはならない事だ。

しかも条件反射でジャンピング土下座をしてしまったけど、普通の伯爵令嬢は土下座なんかしない。それもジャンプ付きの。

「……」

「……」

やばい。沈黙が続いてツライ。

殿下の他に父やアマンダもいるはずなのに、なんで誰も何も言わないの。どうにかしてよ。

怖すぎて顔も上げられないせいで、ずっと地面を見つめている。ジャンピング土下座した後からずっと地面に額を擦《す》り付けている。地面というか大理石に敷かれた上等な絨毯《じゅうたん》を。

正直、ジャンピング土下座しても全然痛くなかったのはこの絨毯《じゅうたん》のおかげである。ありがとう絨毯《じゅうたん》。

複雑な模様がたくさん織《お》られてて可愛い。こういうのなんて言うんだったっけ、確かギャッベ柄だったっけ……

沈黙時間が長すぎて、思考があちらこちらに飛び始めた頃に空気が動いた。

「……くっ」

「――え？」

くつくつと喉《のど》が震える音が聞こえた気がして、恐る恐る顔を上げた。

すると王太子殿下が堪《こら》え切れないといったように笑っていた。しかも私と目があった瞬間、ぶはっと噴《ふ》き出し、もうダメだと言わんばかりに顔を背《そむ》け、笑いに耐えている。

王族らしい笑顔とは違う屈託《くったく》なく笑う姿に不覚にも胸がきゅんとした気がした。

「……ああ、もう、こんなに笑ったの久しぶりだよ」

息を整え、こちらに向き直った殿下が目を細めて笑った。

「キャサリン嬢は本当に面白いなぁ。見てて飽きないよ」

それは褒められているのか、貶《けな》されているのか。

確かに出会い頭に叫んでズッコケて、その後にジャンピング土下座されるとか、そう易々《やすやす》と経験する事じゃないだろう。私だってしたくてしてるんじゃないぞ……

「キミとは今日限りで終わらせたくないんだ。これからも会いたい。婚約者の件はどうやら断られちゃったみたいだけど、まぁそれは追々《おいおい》に」

追々《おいおい》ってなんだ。おいおいって！

「や、さすがにこのような常識のない女と会うのはよしとされないのでは――」

思わずそう言うと、圧力全開の笑みで殿下の御尊顔《ごそんがん》がグッと近づく。

「――いいよね？」

「………はい」

その後、結局お父様は殿下に連れていかれ、帰ってきた頃には三倍増しぐらいにぐったりしていた。

あえて何があったかは聞かなかった。だってこわいんだもん。

そして、お茶会の一件以降、かなりの頻度《ひんど》で王太子殿下から手紙が届くようになった。

内容はお茶会のお誘いであったり、雑談であったりと多岐《たき》に及《およ》ぶ。私が一言、花が好きだと伝えれば、珍しいものがあったよと花の栞《しおり》が入っていたり、花束と共に手紙が届いたりしつつ、何かにつけてやり取りをしていた。

「――アマンダ、私は何度も言ってるのよ、諦めてくださいって。なのにあの人ときたら話を聞いてくれないのよ！」

「はあ」

「お父様にお願いしてもお母様にお願いしても、誰も言う事聞いてくれないの！　もう私が言うしかないじゃない！　それなのに、それなのにあの人ときたら……！」

「はあ……」

「～～っもう！」

クッションをソファに投げつけると他の物に当たり、雪崩《なだ》れるように散らばった。吹っ飛んで行ったクマのぬいぐるみが可哀想だ。きっと泣いているに違いない。私のように。

「いいじゃないですか。選択肢として残すぐらい」

「いいわけないでしょ！　なんで残さなきゃいけないのよ。こんなに私が拒否してるのに、知らんぷりして！」

「相手が悪いですね」

キッとアマンダを睨《にら》むと、彼女は素知らぬ顔で紅茶を注いだ。

私は先日の忌々《いまいま》しい出来事を思い出していた。

――あの日も私は殿下に招待され王宮へ来ていた。王太子殿下から何度目かのお茶会に招待されたのだ。ちなみに、この日の時点で、王妃様とのお茶会から数か月も経っていない。

そして応接室へ着くなり、殿下は満面の笑みで言い放《はな》ったのだ。

「今度デートしようか」

「……は？」

何言い出したんだ、この人。

私の眉間《みけん》がヒクッと動いたのに気づいたのか、殿下はより一層笑った。

「もちろん変装して行くから安心して」

「いやいやいや、安心って言葉の意味ご存知ですか」

「もちろん。キャサリン嬢を危険な目に遭わせる事はないから大丈夫――」

「違います。そういう意味じゃありません」

私は腰に手を当てて言い放《はな》った。

「殿下は私を社会的に殺すおつもりですか！　婚約者でもない私が殿下とふ、ふ、二人きりで出掛けるだなんて！」

うっかり破廉恥《はれんち》だ、と叫びそうになるのをすんでのところで思いとどまる。そもそもどうしてデートなどという発想に至ったのか。

「じゃあ婚約者にな――」

「――りません」

言葉を遮《さえぎ》ったにもかかわらず、このやり取りが楽しいと言わんばかりに彼はニコニコしている。

(嫌がってるってわかっててやってるわよね)

この人、私がこの前言った事を根に持ってるんだわ……

王妃様とのお茶会後、初めて殿下から招待されて訪れた王宮内の四阿《あずまや》で、私は不敬を覚悟で発言した。

――殿下のその服、趣味が悪いですわ。

――まあ、そうですの？　私には関係ないですけど。

――このお菓子美味《おい》しくないわ。変えてちょうだい。

自分で言っておきながら自分の心に突き刺さる言葉をどんどん吐いた。メイドたちにも殿下にも、もう本当ごめんなさいと心の中で平身低頭して謝り倒しながらだ。

なぜこんな言葉を言ったのかというと、世の男性には『好きになれない女性』というものがある。言動、性格など多岐《たき》に及《およ》ぶが、最も嫌われるのが『我儘《わがまま》・高飛車・自己主張の強い』女性だ。まあこれは男性のみならず、女性からも好かれないかもしれないが、とにかく私は殿下から嫌われようと思ったわけだ。

手紙で嫌味を言うのは気が引けるし、表情が伝わらなければ威力も半減すると思ったから、面と向かって発言したのだけど……

まあこれが心が抉《えぐ》れるのなんのって。私には諸刃《もろは》の剣でした。

そして解散となったとき、私は力一杯言ってやったのだ。

『――殿下、私の事は諦めてくださいませ。殿下は私の趣味じゃございませんせん』

たかが伯爵令嬢、たかが小娘。

私の言う事にカッとなって不敬だ！　となったらどうしようって散々悩んだけど、多分彼はそんな事は言わないと心のどこかでそう思った。ただの願望なのかもしれないけど。

（はっきりここまで言われたら諦めるでしょ）

私だったら御免被《ごめんこうむ》りたい女だ。

しかし翌朝、私のもとに届いた手紙には「あなたに似合う男になります」といった感じのことが書き記《しる》されていた。

「ポジティブかよ！」

思わずツッコんだ。ツッコまなきゃやってられなかったから……

きっと殿下はあの時のことを根に持っていて、嫌がらせめいたことをしているのだろう。

デートを提案した殿下は相変わらずニコニコしていて、何を考えているかわからない。

「あの、私、先日お断りのお返事をしたと思うのですが……」

「お断りって、僕の事が趣味じゃないって言ってたやつ？」

「う……」

「そうだね……、なかなか衝撃的だったよ」

（こ、これはもしや、実はお怒りに……！）

ゴクリと唾《つば》を呑み込むと、殿下はこちらを見て笑った。

「こんなに言ってる事と考えてる事が違う子がいるのは斬新《ざんしん》だった。ますます目が離せないなって思ったよ」

（ポジティブかよ……っ！）

グッと声に出そうになるのを抑える。その表情を見て殿下は更に笑った。

「この間の発言、撤回するならデートは我慢してあげるよ。どうかな」

前言撤回。この男、ただポジティブなんじゃない、策士だ。つまり殿下は私の趣味じゃないって言ったのを気にしてて、デートなんていう危なくて伯爵家の人間としては全力でやめてほしい提案を取り下げる条件として、殿下を私の婚約相手の範疇《はんちゅう》に入れる事を提示してきた。殿下としてもデートが受け入れられるとは思ってない、本命は取り下げ条件のほうだ。殿下という選択肢を捨てる事は絶対許さないというわけか……

「嵌《は》めましたね」

胡乱《うろん》な目で見つめると彼は両手を挙げた。……降参したいのはこっちだわ。

こうして彼との文通やお茶会を含めた交流はそこから三ヶ月の間、休みなく行われ、私はアマンダに愚痴をこぼす以外に出来ることがなくなったのである。


――その日は実に晴れた日だった。

朝から昼に変わる時間帯に、手紙が届いた。

白い封筒の端に蔦《つた》の絵柄が入っており、便箋《びんせん》にはエンボス加工の花が四隅にあしらわれていた。とても美しく華やかな手紙で、相手が殿下じゃなければ飾っておきたいぐらい綺麗だ。

内容は案の定お茶会のお誘いで、今回は王宮の敷地内にあるユハン湖で、と書いてあった。

広大な敷地内に後宮や王室礼拝堂、政務を行う内政塔と外政塔があり、その他にも王立図書館、外賓《がいひん》などをおもてなしするオペラ座に王宮美術館など、多数の建物が王宮には存在している。自然と建造物が調和してひとつの作品のような美しさがそこにはあった。

その中でもとりわけ美しいと賞賛されているのが、殿下の言うユハン湖である。

ユハン湖は王宮の西側にあり、辺りを森で囲まれている。

ランドルト環……前世の視力検査で使われた切れ目のある円……のような形をしており、岸から湖の中央へ道が続いて、その先に大樹がそびえ立っているらしく、その佇《たたず》まいにはどこか神聖な趣《おもむき》があるとの事だ。

湖畔には王族専用の別邸があり、普段は立ち入りが許可されていない。

囁《ささや》かれるその美しさは稀《まれ》に招かれる外賓《がいひん》や貴族から漏れ出る声であった。こんな私にもユハン湖の噂は耳に入るぐらい有名なのだ。行ってみたいと思うのが普通でしょう。

「――王太子殿下とじゃなければなぁ」

喜んで行ったんだけど。ああ、でも王族じゃなきゃ入れないのか……

大変魅力的なお誘いだが、王族専用の湖へ私なんかが行ってもいいのだろうか。

(うーん、ダメな気がするわ)

行くかどうか決めかねていたところにアマンダが入ってきた。

「お嬢さま、昼食のご用意が整いましたので食堂へお願いします」

「わかったわ」

羽ペンをペンスタンドへ立ててから、手紙を丁重に引き出しへ仕舞う。するとちょうどテーブルの上のカレンダーに目が行き、今日が何の日か思い出した。

「今日って、みんないる日？」

「ええ、ケビン様もニコル様もいらっしゃいますよ」

「一ヶ月会わないと寂しいものね」

「少し前までは皆様ずっとご一緒でしたから一入《ひとしお》でしょう」

王妃様のお茶会を終えて、私と母は王都に残り、父と弟たちは領地へ帰って行った。

最初は全員で帰るつもりだったが、お父様に止められたのだ。殿下が怒るとかなんとか言っていたが正直私は帰りたかった。読みかけの本が何冊かあったし、買い置きした本もあるからだ。

そう言ったら、家からすぐに送られてきた。迅速《じんそく》すぎて少し悲しくなったのは秘密である。でも嬉しい、すぐ読んだ。

ちなみにニコルは七歳下の弟で、現在五歳だ。私が落馬した時に、お母様のお腹《なか》にいた子である。

外見はお父様にとてもよく似ていて、栗色のふわっとした髪に翡翠《ひすい》色の瞳をしている。だが中身はお母様似で愛嬌《あいきょう》があり、可愛らしい性格で人に好かれやすい。五歳にして人誑《たら》しである。将来が末恐ろしい……

「姉さん」

「あら、ケビン」

アマンダと廊下を歩いているとケビンが追いついてきた。

一ヶ月ぶりだからか、まだまだ愛らしさが残る顔が少しだけ男らしくなった気がする。

「久しぶりね、元気だったかしら？」

離れる事が増えたせいか、ケビンはとても寂しいようで会う度《たび》にぎゅーっと抱き着いてくる。

今日も再会を祝ってぎゅっとハグした。心なしか背が伸びている気がする。

「うん、元気だよ。姉さんこそ変わりない？　姉さんはいつも平気な顔で無理するから、心配だよ」

僕も一緒にいられたらなぁ、とボヤいているケビンは、この五年間ですっかりシスコンに成長していた。

小さい頃から何かと私の背後を付いてきて、真似をするのが好きだったケビン。そんなケビンが可愛くて、私もよく一緒にいたからか、一ヶ月離れるだけで寂しい。

そんなケビンも今年九歳になった。

お母様似で昔から天使のようだったケビンは今や立派な美少年で、見る人が見たら誘拐されそうな可愛らしさだ。いや、可愛いより綺麗と言った方がいい。私はいつも心の中で眼福……と拝む気持ちである。

食堂へ入るとお父様とお母様、そしてニコルが席についていた。

三人は会話を中断してこちらを見た。

「ごめんなさい、遅くなりました」

急いで席へ着くと父がにこっと微笑んだ。どこか嬉しそうな表情だ。

「かまわないよ。キャサリンは殿下への返事でも考えていたんだろう？」

「あらまあ、相変わらず仲良くしているのねぇ」

微笑む二人に渋い顔になる。最近になってからかわれる事が増えてきたのだ。

「お父様、私が喜んでないってわかってて言ってるでしょう！」

「まあまあ」

母が笑顔で宥《なだ》めてくる。けどその顔は反省してない表情ですよ、お母様！

その会話を聞いていたニコルが私を見て席を立った。

「お姉さま、お久しぶりです」

「ニコル。元気だった？　アナタちょっと見ない間に大きくなったわね」

こちらも自然な流れでぎゅっとハグをすると、とても嬉しそうな顔をした。

弟たちはハグが好きらしい。ハグを喜んでもらえるくらい好かれているというのは、気分がいいものだわ。

そんな私たちを微笑んで見てたお父様が、そろそろ食べようと席に促《うなが》した。

今日のメニューは具沢山のミネストローネにカルボナーラ、そして前菜三種である。

我が家の食事は貴族の中では比較的質素な部類だと思う。なぜなら食事はキチンと食べきるのが我が家の教訓だからだ。お残しは厳禁である。

（あぁ、我が家のカプレーゼ美味《おい》しい。最高だわ）

私が舌鼓《したつづみ》を打っていると、ケビンがこちらをじっと見ているのに気づいた。

「……姉さんはまだ王太子殿下と手紙のやり取りをしてるの？」

「ええ、そうよ。なぜこんなに続いているのかわからないけどね」

「ふーん」

手紙を終わらせたくても終わらない、まるで呪いがかかってるかのようだ。

「そういえば、お父様ってユハン湖へ行った事ある？　私が行っても平気なのかしら」

「ユハン湖だって？」

父はぎょっとした。母も父を見てから私を見て、思案顔である。

この反応はやっぱりやばいところなわけね。

「殿下に誘われたんです。次のお茶会はユハン湖でって。噂には聞いてたところだから興味はあるのだけれど、場所が場所でしょう？　だから返事に困ってて……」

悩ましいといった表情を作って、二人の顔をうかがう。

出来ればどちらかがお断りの返事をしてくれないかと願いを込めて。

「……殿下が是非、と言っているのかい？」

「だから困ってるのよ」

「王族からの誘いって断っちゃダメなの？」

ケビンとニコルが興味深そうに会話を聞いている。だけどケビンは機嫌が悪いのか、微かに眉間《みけん》が寄っていた。

「そうねえ、なるべく断らないのが一番だけど……」

そう言うと、お母様は何かに気づいたように顔を上げた。

「そういえば、もうすぐ王太子殿下のお誕生日なんじゃなかったかしら――」

――それから二週間が経ち、約束の日になった。

結局、私は王宮にいる。しかもユハン湖へ繋がる門の前に。

「どうしてこうなったの……」

城壁に囲まれている王宮の更に奥深くに存在するユハン湖の入り口は、一介の貴族では見る事は出来ないだろう。何せここに来るまででも王宮の入り口から馬車で三十分はかかっている。道自体は単純だが、二ヶ所も関所があるのだ。

その関所を通る事が出来るのは王族から許可を賜《たまわ》った人だけである。

「確認いたしました。どうぞお通りください」

門番が指示をすると重たげな音を立てて門が開いた。

無事二ヶ所目の関所を抜けたらしい。

馬車がゆっくりと進み出す。

今日は快晴で、整備された道の街路樹が青々と輝いていた。

(あーあ、この先に殿下が待ってさえいなければよかったのになぁ)

それこそバカンスに来たみたいで、胸が高鳴っていただろうに。

「はぁ……」

気が重い。なんだってこんな日に……

私は腕に抱えた小さな箱を見た。深みのある臙脂《えんじ》色に金箔《きんぱく》で丁寧に箔押《はくお》しされた上品な代物《しろもの》だ。

――そう、これは誕生日プレゼントである。殿下への……

お母様がうっかり思い出してしまったせいで、プレゼントを用意しなくてはならなくなったのだ。

手紙にそんな事は書いてなかったから不要では、と言うと両親に猛反対され、買いに行かされた。……なぜか私が。

伯爵家からではなく私からじゃないと意味がないとか。知らんがな。

馬車の揺れる音と蹄《ひづめ》の音を聞きながら、今後の展開について考えた。

小説の中では殿下と私の婚約が決まった経緯や時期などは『遊学した時点でキャサリンとは婚約していた』と簡単に振り返る形でしか書かれておらず、ヒロインと出会ってから婚約者の存在が明らかになった。うろ覚えではあるけれど、確かそうだったはずだ。

そして今日は殿下の十五歳の誕生日である。

十五歳――つまり遊学へ行き、ヒロインと出会う年齢だ。

と、いう事はだ。

遊学へ行く頃には婚約しているのである。

誰がかって？

私と殿下がよっ！

「――やばい」

ここで婚約させられたら、本当に小説通りに物語が進んでいく事になる。私の努力が水の泡だ。

なんとかして回避せねば、親孝行がままならなくなる。

今日はプレゼントだけを渡して早々に帰ろう。

むしろ体調不良を理由にして、そこら辺の執事に預けてすぐ帰ろう。

殿下にさえ捕まらなければ大丈夫だ。捕まる前に帰ればいいのだ。

「お嬢さま、ご到着いたしましたよ」

「わかったわ」

御者の声がして降りる準備を整えると、ガタンという音と共に扉が開く。そこから顔を覗《のぞ》かせた人物に私は石のように固まった。

「キャサリン嬢、いらっしゃい。今日もとても可愛いね」

にこっと誰をも魅了する微笑みを浮かべたレオナルド王太子殿下が、そこにいた。

（おお、ジーザス……）

思わず天を仰《あお》いだ。神は私に逃げ場など用意してくださらなかったらしい。

王太子殿下自らお出迎えとか、想像すら出来ないわ。

「大丈夫？　王宮内といってもここまで遠かったでしょう、体調はどう、平気？」

「あ、ええ大丈夫です」

手を差し伸べて優しく馬車から降ろしてくれる殿下は私の返事を聞くと微笑んだ。

（しまった、うっかり大丈夫とか言ってしまった）

体調悪いって言えば帰れたかもしれないのに。それもこれもこの人のせいよ。

私はやるせない気持ちで殿下を見た。

「今日は来てくれてありがとう。とても嬉しいよ」

「こちらこそ、お招きいただきまして光栄です」

手にプレゼントを持っていたため、膝を折ってカーテシーをする。

「それは？」

「殿下へのプレゼントです。本日がお誕生日と伺《うかが》いましたので。……お祝い申し上げます」

本来なら侍女か従僕に渡して必要なときに取り出してもらうのだけど、早く帰りたいが故に自らの手で持ってきてしまった。

「ふふ、嬉しいな。ありがとう」

受け取ると殿下は大切そうに箱をひと撫《な》でして、近くに控えていた側近に渡す。

「あとでじっくり中を見させてもらうね。立ち話もなんだし、屋敷へ行く前に少しだけ歩こうか」

エスコートされるがまま、腕を組んで歩く。

こういうとき、貴族の令嬢は大変だと感じる。

エスコートをされていないと陰でヒソヒソと常識がないだの恥ずかしいだのと悪口を言われ、エスコートをされたらされたで、同伴の男性の家格によっては釣り合ってないなどと顰蹙《ひんしゅく》を買うのだ。

こちらとしてはエスコートなどいらないし、一人でちゃっちゃか歩きたい。というか、不用意に殿下に近づきたくないだけなんだけどね。

(だってこの人、他の方より距離が近いんだもの！)

しかも歩くのが非常に遅い。気をつけてくれてるのはわかるんだけど、顔面の殺傷能力に気づいて欲しい。

今だって無駄に素敵な御尊顔《ごそんがん》で微笑まれながらゆっくり歩くのがどんなに心臓に悪いか。

確かに湖畔の道は、所々濡れていたり砂利が多かったりと足場が不安定だが、それにしたって限度があると思うの。

「ほら見てごらん。これがユハン湖だよ」

殿下に促《うなが》されるまま、顔を上げる。

「わぁ……」

沢山の木々に囲まれた湖は太陽の陽射しを受け止めた水面が宝石のように輝いており、遠くの美しい山々まで見通す事が出来る。

優しい小鳥のさえずり、微かに聞こえる水音。そして澄んだ空気。

湖の中央にそびえ立つ大樹がここは神聖な場所だと囁《ささや》いているようだ。時折吹く優しい風に頬を撫《な》でられながら、壮大で神秘的な景色に感嘆の声を漏らした。

噂では聞いていたけど、ここまでとは……

「どう、気に入った？」

「ええ、とても！　これほどまで美しい景色は見た事がありません」

「よかった。また見においで。キャサリン嬢ならいつでも大歓迎だから」

殿下は私の返事に満足そうに頷くと、再び手を取り歩み始めた。

「そうだ、ひとつ謝らなくてはいけない事があって。すぐ連絡出来たらよかったんだけど、今日、母上がついてきてしまったんだ」

「え」

「僕はキャサリン嬢と二人きりがよかったのに、邪魔しないからと押し切られてしまって。つかの間の休息ぐらい、好きな人と二人にしてくれてもいいのにね」

「え」

……もはや、どこから突っ込めばいいのかわからない。

いつの間にそんな話になってるの。王太子殿下一人ならなんとかなるかもしれないけど、王妃様も一緒なんて、私の勝ち目はないのでは……？

着実に進みゆく物語に血の気《け》が引く。

顔面蒼白になっている私を殿下が見ていたなんて、私はそのとき気づかなかった。

「——あぁ、本当に可愛い……。本当に可愛いわ。どうしてわたくしは貴女《あなた》が生まれたその瞬間から現在に至るまでの貴女《あなた》を眺める事が出来なかったのかしら……、とても悔やまれるわ。きっと薔薇が朝露に輝くように、蝶がふわりと飛ぶように、一瞬一瞬の貴女《あなた》は可愛らしくて愛おしいのでしょうね。……すべてはジャック・レイバー、あの人の妨害のせいよ。わたくしのマーリンだけでは飽き足らず、こんなに愛らしい娘まで隠すなんて！　やはり許す事など出来るはずがないのよ。ねぇ、そう思うでしょうキャサリン？」

「え、ええ……っと。はい。……おっしゃる通りです王妃様」

「そうよねぇ」

扇子で口元を隠しながら優雅に微笑む王妃様と汗を滲《にじ》ませながらお茶を啜《すす》る私。

なぜだ。

なぜこうなった。

私は殿下とお茶会をしに来たはずなのに。

「きっと母上だけじゃなくて僕の事も危惧《きぐ》していたんでしょうね。レイバー伯爵もお人が悪い」

「ふふ、あなたはわたくしと趣味嗜好《しこう》が似ているものね」

壮大な景観を眺められるようにセッティングされたテーブルやソファ、そして我こそは主役だと主張するかのように輝くケーキやお菓子。黄金色に透き通る香り豊かな紅茶。

その紅茶の水面に映る、なんとも冴《さ》えない私の顔……

左の手には王妃様の手が。

右の手にはティーカップがある。

が、カップを置こうとすると殿下の手が伸びてくるので、私の右手は常にカップを持たざるを得ない状況だ。

というか、これどういう状況？　なぜに両脇がロイヤルファミリーで固められているの？　恐ろしいほど近い、近すぎるわ。双方の顔の暴力が！　御尊顔《ごそんがん》が眩しすぎる！

「ああでも……、譲りませんよ母上」

「あら、キャサリンはいつからあなたのものになったというのかしら」

「それはこちらの台詞《せりふ》ですよ」

先程までの和やかな談笑が一変して、底冷えする笑顔の応酬となった親子に、私の顔も引きつるばかりである。

頼むから私を挟んで睨《にら》みあわないで欲しい。

誰か私をここから出してぇ……

周囲のメイドや近衛兵《このえへい》に目で訴えようとするが、誰とも視線が交わらない。ちょっと目を逸《そ》らすな！　こっちを見ろ！

「どうしたの、キャサリン嬢」

周囲にガンを飛ばしていたせいで不意をつかれた。向いた先にあった顔が想像以上に近くて、免疫《めんえき》のない私には刺激が強すぎた。顔が熱い。

「な、なんでもないです……」

こちらを覗《のぞ》き込む瞳は快晴の空と海の深みが混ざり合ったような不思議な虹彩《こうさい》で、それを縁取《ふちど》る長い睫毛《まつげ》はまるで豪華な額縁のようだった。

（きれい、だ……けど）

この瞳に平凡な自分が映し出されていると思うと、なぜだか泣きたくなった。

「……そう？」

首を傾《かし》げる殿下は生ける彫刻のようだ。

（恥ずかしい）

なんでもない場面で顔を染めてしまうなんて、まるで私が殿下に好意を持っているようだ。頬の火照《ほて》りが冷めるように努めていると目の前に箱が置かれた。

「これをキミに渡したくて今日は呼んだんだよ」

「……これは？」

その箱は細長く、紺碧《こんぺき》色のシルクリボンが巻かれている。どう考えても上等な品物だ。側面には〝親愛なるキャサリン〟と彫られている。

「中身は秘密。家で開けてみて」

にっこり微笑む殿下は、返却不可だからね、と不穏な一言を言い放《はな》った。

「そうそう、僕もキミからのプレゼント、開けてもいいかな？」

「はい、どうぞ。期待するような物ではないかもしれませんが……」

従者が私の持ってきたプレゼントをスッと渡すと、殿下はもう一度ゆっくり箱を撫《な》でた。

「キミが手ずから持ってきてくれたと思うと、箱だけでもとても価値のあるものだと感じるよ。すべて保存しておかなくちゃ」

うっとりとした表情がいつかの王妃様とそっくりで、ゾッとしたのは言うまでもない。

そして彼はとても丁寧に箱を開けた。天鵞絨《ビロード》が敷き詰められた上にひとつのペン。

「……これは万年筆かな？」

「はい」

――私が殿下へのプレゼントに選んだのは、黒く光沢のある上品な万年筆である。

この世界で一般的に使用されているのは羽根ペンだ。だから万年筆が存在している事を私は知らなかった。しかし、懇意《こんい》にしている商人が男性にプレゼントするのならこれ、と教えてくれたのだ。

最近出回り始めた商品で、部品のひとつひとつが手作りのため量産が難しく希少なんだとか。

なんでも新参の商会の手による画期的な商品で、最近商人たちの間で話題らしい。といっても数に限りがある商品のため、あまりふれ回っていないとか……

羽ペンと比べて軸が太いため長時間持っても疲れにくく、ペン先は金を使っており、錆《さ》びにくく長い間使用出来るらしい。

そしてなによりキャップがあるので携帯性にも優れているのだ。執務に忙しい殿下にはもってこいな商品である。

(気に入ってくれるといいけど……)

この国唯一の王子である殿下は、きっと誕生日には普段以上にプレゼントをもらうのだろう。それこそ部屋からはみ出るほどに。イケメンだし、将来有望だし。

誕生日はそんな殿下へアピールするにはもってこいの機会だ。貴族令嬢がこのチャンスを逃がすわけがない。

それこそ絢爛豪華《けんらんごうか》な、私が想像も出来ないような物が多いだろう。

その中で万年筆。――そう、筆記用具である。

これでは今まで以上に政務に精を出せよと言っているようなものである。

「こんな小さな物でごめんなさい。その、言い訳に聞こえると思うのですが、私にはこれが精一杯で……」

我がレイバー家は貴族家庭には珍しくおこづかい制なのである。欲しいものは自分で買いなさい、という両親のモットーのもと、月に一度もらえるお小遣いをコツコツ貯めていたが、それが枯渇するほど値が張るものだった。

正直言うと、殿下の誕生日を思い出した母には多少負担して欲しかった。

「噂には聞いていたけど、これはすごくいいね。持ち運べない羽根ペンとは違っていつでも使えるし、インク瓶も必要ないとは」

「中に筒があって、インクが切れたらそちらに補充するみたいですよ。きちんと管理さえすれば長く使えるみたいです」

「へえ、それは画期的だ」

殿下は側近から紙をもらって嬉しそうに試し書きをしている。

使い心地も悪くなさそうだ。

「気に入っていただけましたか？　その、可愛らしい物ではないので、プレゼントとしてはどうかと思ったのですが」

「とても気に入ったよ。キャサリン嬢が僕の事を想って色々考えてくれたんだってよくわかる」

キャップを閉めた殿下はいつもの笑顔とは違う穏やかな表情で、思わず私もつられて笑った。

「ありがとう、すごく嬉しいよ。これからは今まで以上に手紙を書く事が出来るよ」

(……それは勘弁願いたい)

どうやら自分の首をじわっと絞《し》めたらしい。

「これなら肌身離さず持ち運べるし、キミからもらったと自慢出来る。出来ればここに〝キャサリンより愛を込めて〟なんて刻印されていれば文句なしだったんだけど」

「……殿下」

「ごめん。調子に乗っちゃっただけだから、そんな怖い顔しないでよ」

この人の冗談は冗談に聞こえないから恐ろしいのである。

というか地味な筆記用具、そのうえ政務に集中しろという密《ひそ》かに皮肉が混じったプレゼントで失望してもらおうと考えてたのに、失敗した感があるのが否《いな》めないのだけど、なぜなの……

「キャサリン、ごめんなさいね。急な用事が入ったから少しだけ席を外させてもらうわ。ああ、あなたたちはゆっくりしていてちょうだい。すぐに戻るわ」

万年筆の話題を王妃様を交えて話していた最中、慌てた様子でやってきた侍従に何事かを耳打ちされた王妃様は席を立たれた。

「大丈夫、なんでしょうか。なんだか慌てた様子でしたが……」

「母上もゆっくりしてってって言ってるんだし何も問題ないよ。本当に急用なら僕にキミを送るように言うから」

優雅な所作でカップに口をつける殿下は近くにいる侍従へ目配せした。

給仕をしていたメイドたちが一礼をしてすぐに下がって行く。そして侍従も。周囲には人がいなくなり、必然的に私と殿下の二人きりになった。

(な、なんなの、なんで使用人を下げるのよ)

思わず身を引くが、椅子の上なので身体が揺れただけで終わった。

「大丈夫だよ、見えないけどきちんと近衛兵《このえへい》はいるし、何かあればすぐに駆けつけてくるから心配いらない。それにここは王宮一、安全な場所だからね」

「あ、えっと、そう、ですが……」

違う。私が言いたいのはそっちじゃない。

というか、じわじわ寄って来ないで欲しいのだけれど！

「ああ、違う？　じゃあ僕を警戒してるのかな？」

思わず口の端がヒクッと動いた。

(正確に言い当てすぎて恐ろしいのですけど!?)

「そんなに怯えなくてもいいじゃないか。これまでも一緒にお茶をしたりしてるでしょう？　それと変わらないよ」

にこりと笑うが、なんとなく目が笑っていない気がする。というかその笑顔、すごく怖いです殿下。

「でもほら、いつもはマイセン様が殿下の側にいましたし、アマンダだって控えていて、その、こんな人払いする必要があるのかな、と」

マイセンとは殿下の側近である。

私と会うときは必ず連れてくるので常に一緒にいるのかもしれない。私も何度か話をした事がある。とても物腰の柔らかな好青年だ。完璧人間の殿下には負けるが。

しかし本当にこの人は何を考えているのか、さっぱりわからない。

なんというか、私が理解出来ない所にいるというか、次元が違うというか。

常に浮かべている笑顔から本音は読み取れないし、かといって言動で読み解けるかと言われると無理だ。完敗である。本当に十五歳なのか、この人。

しかし、前世の記憶がある私には今後の展開がわかっているのだ。それに関しては少し有利である。

どうにかこの完璧人間を出し抜けないかと表情に出さないように気をつけながら、考えを巡らす。

どうしたものか。

「――面白くない」

「へ?」

突然響いた低い声に驚く。

声の方を見ると殿下が頬杖をついてこちらを見ていた。

「キミから他の男の名前が出るのはやっぱり面白くないな」

「なっ……、マイセン様は殿下の側近ではないですか。名前を呼ばずになんとお呼びすればいいのです」

「呼ばなきゃいいよ？」

「それではなんの解決にもなりませんわ」

「じゃあ、〝側近〟でいいんじゃない？」

「殿下……」

急にどうしたんだ。この人は。

嫉妬、嫉妬なのか？　一体全体なんなんだ。名前がどうのこうのって。お話だってした事がある人なのに。なんで拗《す》ねる。

（……いや待てよ、この言動にも実は裏があるとか……？）

平静を装いながら頭をぐるぐるさせていると、殿下が急にこちらにグッと近づいてきた。

「じゃあさ、僕の事も名前で呼んでよ」

そうしたら公平だろう？　と小首を傾《かし》げる殿下は明らかに色々含んだ顔をしていた。

「殿下……、さすがにそれは出来ませんわ。婚約者でもないのにお名前を呼ぶなど、畏《おそ》れ多い事です」

「僕が許可しても？」

「ええ。お許しください」

「婚約者じゃないと呼んでもらえないのか……」

「それだけ殿下の御尊名は崇高なものなのです」

「うーん」

しつこい男は嫌われますよ、殿下。

まだ何か言いたげな殿下だったが、私が頑《かたく》なな態度だったためか、簡単に引き下がった。

わかった、と呟いた殿下は、もう次の話題に頭を切り替えたようだ。先程までの笑顔は引っ込み真面目な表情だ。

「実はキャサリン嬢に言っておきたい事があって。急な話なんだけど遊学する事が決まったんだ」

「ご遊学ですか……」

もちろん知ってる。

殿下が十五歳になったら隣国バーゴラに遊学するのは確実な話だ。でないと、主人公であり隣国の人間であるヒロインと会えない。

「最初は遊学せずに王立学園に入学するつもりだったけど、そうも言ってられなくなったみたいでね」

殿下は小さな溜め息をついて視線をユハン湖の方へ向けた。

私もつられて視線を移す。

揺れる水面に柔らかな光が反射し、湖面が宝石箱のように輝いている。青空と森と湖のコントラストが何度見ても美しい。

「――正直言うとあまり気乗りしないんだ。そもそも勉学と外交が目的だとしても、必要と感じなくてね。自慢じゃないが、ある程度の事はもう身についてる。遊学先の国だって何度も訪れた事がある国だ。今更行ったところで、それほど学べるものがあると思わない」

殿下の横顔には僅《わず》かだが疲れが見えた。笑顔を絶やさない彼には珍しい表情だった。

彼はこの国唯一の王子だ。その重責は一貴族である私には到底理解出来ないだろう。

黙って聞いていると、こちらを向いた殿下は曖昧に笑った。

「それにキミとも、こうして会う事が出来なくなる」

その表情はどこか痛々しく感じて、少し不安になった。

「やっと見つけたんだ。僕の居場所を」

そっと手を握られる。ひんやりとした手が徐々に私の熱を奪い取っていくかのようだ。

「僕はキミの傍にいたい。どんなに苦しくても辛くてもキミに会えるなら我慢出来る。頑張る事が出来る。キミとの文通だって、かけがえのない宝物だ」

その言葉に彼の想いを感じ取って私は俯《うつむ》いた。

(――……私は、すごく嫌だったわ)

少しずつ物語通りに進んでいる恐怖と、王太子殿下という立場。気を許すにはほど遠く、心など休まるはずのない相手だ。

……でも実際は会うと楽しかった。手紙だって届くと嬉しかった。

頻度《ひんど》が高くて苦になる事もあったけど、今思うと大した問題じゃなかったのかもしれない。

「まだ手放したくないんだ。キミと過ごすこのかけがえのない日々を」

手を繋いだまま、殿下が席から立ち上がる。私もつられて立ち上がった。

じわりと馴染んだ手の温度に、どこか落ち着かない気持ちになる。

「名前を呼んで欲しい」

「……名前？」

「駄目だろうか。旅立つ僕に言葉を手向《たむ》けてくれないか」

あまりにも捨てられた子犬のような顔で見つめてくるから、深く考えずに頷いていた。

「――ご遊学先へ行かれても、どうかお身体にお気をつけてくださいませ。レオナルド殿下」

言い終わると同時に腰をグッと引き寄せられる。

「うわっ」

突然の出来事にバランスを崩して倒れそうになったところを殿下に抱きしめられた。

目を見開くと視界がふっと暗くなる。それと同時に、唇に柔らかな何かが触れた。

「――っ！」

視界いっぱいに広がる殿下の笑顔を、私は唖然《あぜん》と眺めた。

(今、唇に当たったのは、まさか。まさか……っ！)

その可能性に思い至った瞬間、顔が真っ赤に染まった。

「なっ……！」

なっ！

なっっ！

なんて事を……ッ！

「可愛い」

腕の中にすっぽり抱き込まれている私を見て、殿下は愛おしげに微笑んでいる。力一杯押しても、叩いても拘束は取れない。

私は信じられない気持ちで、キッと殿下を睨《にら》んだ。

「殿下！　お戯《たわむ》れが過ぎます！　いい加減に離してください！　離してよ！　もう最悪！」

こんな酷い事、平気でやるだなんて！　私のファーストキス返してよ！

あまりの出来事に動揺を隠しきれなかった私は途中から礼儀を忘れて叫んでいた。

「だって、嬉しかったから」

「はあ？　何が……」

足でも踏んでやろうと足先を持ち上げたとき——

「まあ！」

突然響き渡った声に振り返ると、王妃様が立っていた。

しかもその隣には、国王陛下がいた。最悪のタイミングだ。用事とは陛下が来た事だったようだ。

二人の表情から察すると、恐らくキスも目撃したらしい。

「お、王妃様ッ、ち、違うんですっコレは！」

王妃様に縋《すが》りつこうと身をよじるも振りほどけない。なんていう馬鹿力だ。

「あなたたち、いつの間にそんな」

「母上、聞いてください。キャサリン嬢から遂にお許しが出たのです。僕は嬉しくて嬉しくて」

ぎゅむっと音がするほどの強さで抱きしめられ、私はカエルが潰れたような声をあげた。

「……落ち着きなさい、二人とも。レオナルド、キャサリン嬢が潰れる。離してやりなさい」

国王陛下の低くよく通る声に渋々といった様子で腕の拘束が解かれた。が、腰には未だ手が回されていた。ジトッと睨《にら》みつけても我関せずでニコニコしている。……その笑顔で騙《だま》せると思うなよ。

そんな私たちのやり取りを見て、陛下は小さな溜め息を吐いた。

「それで……、どういう事か説明しなさいレオナルド。事と次第によっては、お前に処罰を与えねばならん」

そうだそうだ。いくら王太子殿下といえども、貴族令嬢に無理矢理キスなどしていいわけがない。

「もちろん承知の上ですよ。ですが、婚約者同士なら構いませんよね」

「は？」

「まあ！　そんな、遂に……？」

王妃様が歓喜に溢《あふ》れる様子で口に手を当て、打ち震えている。

「ええ、やっとキャサリン嬢が私との婚約を承諾してくださったんです。こんな嬉しい事はないでしょう」

「……は？」

再び抱きしめられた私はこの状況がまーーったく理解出来なかった。いつどこで婚約が成立したというのだ。

「ちが、違います！　私はっ」

今からでも遅くない、否定しなくてはと身を乗り出しかけたところで、耳元で囁《ささや》かれた。

「キミが言ったんだよ」

それはとても嬉しそうに。

「名前を呼んでくれただろう？　キミは確かに言ったよ。僕の名前は婚約者しか口にしてはいけない、とね」

そしてキミは僕の名前を呼んだんだ、そう囁《ささや》いた殿下は獲物を狩る獣の眼《め》をしていた。

（は、嵌《は》められた……ッ！！）


あれから結局、私は殿下の婚約者として発表された。殿下の遊学が迫っているから、という理由で、史上稀に見るほどの迅速な発表だった。拒否しようにも我が家も王家も忙しく、それでもどうにか掴みとれそうだったチャンスは、ことごとく殿下に邪魔されてしまった。尚、本来であれば貴族同士の派閥や権力争いなどで大騒動になりお披露目までが長くなる婚約発表だが、私やレイバー家に火の粉が降りかからないのは、偏《ひとえ》に強引に物事を進めた自覚のある殿下が火種を消したからである。

領主として地方領地を任せられていた父は、城勤めとなった。

王太子殿下の婚約者が地方領主の娘では示しがつかないからだ。初めは国立図書館の文官として勤める予定だったが、適性検査の結果、宰相補佐官となった。

まさかの結果に周りがどよめいたのは言うまでもない。密《ひそ》かにレイバー家を疎ましく思っていた貴族たちは、あまりの結果にうな垂れた。

それだけ宰相補佐官は優秀な人でないと務める事が出来ないものなのだ。

そうして領地運営は信頼のおける執事と派遣された文官で補い、私たち家族は王都内のタウンハウスへと移り住んだのだった。


「もう少し背筋を伸ばしなさいキャサリン・レイバー。そしてそこからターン、遅い。きちんと相手と息を合わせなさい」

「す、すみません」

「謝っている暇があるのなら、もう一度始めから」

「はい」

王宮内の一室で、私はダンスレッスンをしていた。

王太子妃の地位に恥じないよう教育が施される事となり、あれから毎日王宮へ足を運んでいる。

「まだ背筋が曲がっています、それでは格好がつきませんよ」

はい、もう一度始めから、と一曲三分もある曲を間髪《かんはつ》容《い》れずにもう一度始めさせるのは、教育係に抜擢されたシーア・ロイドである。

ラウンド型の赤い眼鏡をした女性で母マーリンよりも年上だ。髪は綺麗に結い上げてあり、一切の乱れがない事から几帳面な性格が伺《うかが》えた。

そんなシーア先生に指導され、私は疲労困憊《こんぱい》だった。

今日の指導が始まって、かれこれ二時間は踊りっぱなしである。

（もう……、限界だわ……）

時折、疲労のせいで脚が震えるのを長いスカートで誤魔化《ごまか》してはいるが、いつ見つかるかは時間の問題だった。

脚がつりそうになったところでシーア先生の声が響く。

「はい、今日のダンスレッスンは、ここまでとしましょう。午後は歴史学のお勉強です。予習をしておくように」

「あ、ありがとうございました」

助かった！

なんとか震える脚で淑女たる優雅な挨拶をする。やるからには王太子妃の名に恥じぬようにしなければ。決してシーア先生が怖いからではない。断じて。


「それじゃあ、行ってくるね。寂しくないようにたくさん手紙を書くから」

「はい。殿下、お気をつけて行ってらっしゃいませ。バーゴラでは実りある日々を過ごされる事、お怪我なくご無事で帰国される事、心からお祈り致しております」

「ありがとう」

「ちなみに手紙は御多忙と思いますので結構ですわ」

「うん、わかった。たくさん書くね」

「……」

荷物を馬車へ積んだ殿下は私の指先にキスを落とすと、馬に跨《また》り騎士たちに合図をした。

颯爽《さっそう》と駆けていく殿下を見送りながら、私は小さく溜め息を吐いた。


婚約からひと月も経たない内に殿下は遊学へと旅立った。

遊学先は隣国バーゴラ。期間は一年間。それが長いのか短いのか私にはわからなかったが、まさかひと月で旅立ってしまうとは夢にも思わなかった。

「婚約者らしい事、何もしてないんだけど……」

婚約を結ぶまでは頻繁《ひんぱん》に手紙のやり取りやお茶のお誘いがあったが、婚約を結んでからはその頻《ひん》度《ど》が減った。

殿下は遊学へ旅立つための準備と政務が、私は王太子妃のレッスンがあり、とてもじゃないがお互い時間が取れる状況ではなかったのだ。

もっと構い倒されると思っていたから、少しだけ拍子抜けしてしまった。

いや決して寂しいとかじゃないからね。

前世からワーカーホリック気味だったから、忙しいのは全く苦にならなかった。勉強も好きだし趣味もある。むしろ暇だと何をすればいいかわからなくなるぐらいだ。

「――あ、これ……」

そんな忙しさに忙殺されていたある日、私は引き出しに仕舞い込まれていた箱を見つけた。ユハン湖で殿下にもらった物だった。

紺碧《こんぺき》色のシルクリボンが巻かれた細長い箱。

特注したのか、箱には丁寧に〝親愛なるキャサリン〟と彫られている。

渡されたときに家で開けてと言われ、大人しく持って帰ったが、婚約騒動のせいですっかり忘れていたのだ。

ろくな礼も言えないまま、殿下は遊学へと旅立ってしまった。

(ちゃんとお礼を言いたかったのに)

まるで私が常識がないみたいじゃないか。どれもこれもあのタイミングで渡す殿下が悪い、と恨みがましく思っていると、巻き付いていたリボンがするりと解《ほど》けた。

よく見ると、リボンの裏に四桁の数字が書いてある。

「なにこれ」

謎の数字に戸惑っていたが、箱に触れて納得した。

箱の側面にはよく見ると小さな切れ目があり、それをスライドすると下にダイヤルロックが隠れているのだ。こんな仕掛けがあるとは……

私は戸惑いながらリボンに書いてあった数字にダイヤルを合わせる。するとカチッと鍵が外れる音がした。

(わざわざこんな頑丈そうな箱に入れてまで渡すような物ってなんだろう?)

疑問に思いつつ箱を開け、——目を見開いた。

中にはネックレスが入っていた。

とてもシンプルなデザインで、ペンダントトップに使われている宝石は素人目に見ても二・五カラットはありそうだ。チェーンはプラチナなのか、銀よりも白く輝いていた。

ネイビーブルーの天鵞絨《ビロード》に身を沈めているそれは、逆らう事が出来ない気品と、オーラがあった。

森にひっそりとある泉を彷彿とさせるフォレストグリーンの宝石は、太陽の光を反射してキラキラと輝いており、その存在は決して無視する事など出来ない。

——だが、私は無視したい。

あえて無視したい。

可能であれば、見なかった事にしたい。

冷静になろうと一度蓋《ふた》を閉じる。が、目に焼き付いたネックレスは、私を呪うかの如く脳裏に浮かんでくる。

私は大きな溜め息を吐いて、もう一度蓋《ふた》を開けた。

先刻と変わらずそこにある様子を静観する。

「……やっぱり、そうよね。でもなんで、これが……ここに？」

キラキラと輝くそれは、本来ならヒロインが手に入れるべき物。市井《しせい》で出会った彼女に殿下が渡すキーアイテム。このネックレスによって二人はまた再会し、運命を共に歩むようになるのだ。

「これがないと再会出来ないんじゃないの？　一体どうなってるのよ……」

ここまでのストーリーは、不本意だが小説通りに進んでいるようだった。

どんなに婚約を回避しようと動いても殿下は追ってきたし、どんなに離れようとしても執着は深まるばかりで、観念せざるを得なかった。

しかし、本当に全て、小説通りに進んでいるのだろうか？　殿下の性格だって小説とは違うように感じたし、本編にはチラッとしか登場しなかった王妃様だってあんなキャラだとは思わなかったし……

（あれ……？　もしかしたら、私がストーリー通りに動かなかったせいで少しずつズレが生じている？）

そのひとつの例がこのネックレスだというのなら、これはチャンスかもしれない。

本編通りにヒロインと殿下が会わなければ、〝ギャサリン〟は嫉妬する事もない。つまり犯罪に手を染める事もないのだ。

――いや、別に殿下とヒロインがどうなっても犯罪に手を染める事なんてしないですけどね！

＊　＊　＊

「殿下の婚約者だなんてキャサリンは勝ち組ですわ」

「そうですわねぇ。行く行くは未来の王妃様ですもの。勝ち組、という言葉だけでは収まりきらないわ」

「で、どうなの、やっぱり殿下は素敵なんですの？　もうっ、勿体ぶらないで教えてくださいな」

「――ちょ、ちょっと待って、そんなグイグイ来ないでぇ～！」

お茶会に招待され、お友達の邸宅へお邪魔したところ、猛烈な尋問にあった。

すごい圧力（物理）で弾き飛ばされながら、なんとか席に座ると三人の目がギラリと光る。

「それで？　どうやって殿下のハートをものにしましたの？」

興味津々に身を乗り出したのは、このお茶会の主催者ロゼッタ・ハーベルト侯爵令嬢だ。とても綺麗な赤毛を縦巻きのロングヘアーにして揺らしている。ロゼッタは私と同い年だ。

ハーベルト侯爵家とは親同士が仲が良く、昔から付き合いがあった。

ロゼッタと私もとても気が合い、会ってすぐに仲良くなった。両親が出掛けるというのならしがみ付いてでも一緒に付いていくほどだった。なにせ初めて出来たお友達だったから嬉しくて嬉しくて。

彼女とはよくお揃いコーディネイトをしたり、お泊り会をしたり、恋バナをしたり……、とても仲の良い幼馴染だ。

「そうですわ、わたくしもずっと聞きたくて我慢していたの。やっと貴女《あなた》の口から話が聞けるんですもの。待ちきれなくてよ」

頬に手を当てながら、ほぅと溜め息をついているのは、公爵令嬢であるセレーネ・アビントン様。明るいブルージュカラーのストレートロングをハーフアップにしており、綺麗な簪《かんざし》で纏《まと》めている。おっとりとした笑顔が特徴的な女性だ。

私とはロゼッタを通じて知り合い、身分差はあれどとても気さくで、こんな私とも仲良くしてくれる変わった令嬢である。

実はセレーネ様は、私が殿下の婚約者と決定する以前は殿下の筆頭婚約者候補であった。婚約者候補ですらなかった私が突然婚約者として名が挙がったので、とても驚いたらしい。そして本人は大喜びしたそうな。

なぜなら彼女は、殿下の事が口が裂けても公《おおやけ》の場では言えないほど、大っ嫌いなんだそうだ。なんでも〝同じ匂いがする〟らしい。わけがわからない。

「本当にっ、気になって夜も眠れなかったんです！　こんなに滾《たぎ》る事ってありますか？　想像が膨らんで創作意欲が湧き立つというか、今すぐ書き起こしたいぐらいですわ」

立ち上がった勢いで椅子がガタッと音を立てようが、ボリュームのある袖《そで》が茶器に当たってカチャンと鳴ろうが気にする事なく力説するのは、シーリー・ペンドリー伯爵令嬢だ。

彼女は令嬢には珍しく髪を肩で切り揃えている。アーモンド色のふわふわの髪はまるで綿あめのようで、とてもチャーミングだ。

だが、見た目の可愛らしさと中身のギャップが激しく、初めて会ったときはひどく戸惑ったものだ。

彼女の実家であるペンドリー伯爵家は商会も経営しており、私が懇意《こんい》にしている商会も彼女の紹介である。実に商売上手で、何が金になり何が金にならないか、即判断出来るのだ。貴族令嬢なのに……

しかも彼女は恋愛作家として密《ひそ》かに活動しており、貴族の間でもとても人気な作家さんなのだ。彼女のネタ元はほぼ身内であるため、今後の事を考えると恐ろしい。

「それで、どうなんですの？」

穴が空くほど三人に見つめられて、思わずゴクッと喉《のど》が鳴った。

「……別に、そんな素敵な事じゃないの、王妃様がお茶会に招待してくださって、そこでたまたまお目にかかっただけで……。私を婚約者に決められたのは何か違う思惑《おもわく》があるのよ。きっとすぐに解消になるわ」

私はボソッと俯《うつむ》きながら答えた。尋問されるとは思っていたけど、正直話す事がない。

だって小説の物語上、私は殿下の婚約者になっていなきゃいけないんだもの。きっと殿下の気持ちも真実のものではないんだわ。

「あらやだ、返ってきた反応が想像とちがうわ」

「キャサリンったら、ここは惚気《のろけ》るところですわよ」

「もっと創作意欲が膨らむような話を期待してたのにぃ」

「だ、だって殿下とは一週間に一度のお手紙でしかお話出来ないのよ？　残念ながらみんなに話すような事はないわ」

呆れた三人の様子に私はむっとした。だって本当に何もないんだもの。

「本当にお手紙だけなの？　お会いになったりは」

「……お手紙と、プ、プレゼントもくださるけど、バーゴラにいるんだもの。会うなんて事は出来ないわ」

「あら、そうなの……」

ロゼッタとセレーネ様は悲しそうな、心中察しますみたいな眼差しを向けてくるのに、シーリーは輝かんばかりの表情をしていた。

「遠距離恋愛ですわね！　素敵だわ！」

「貴女《あなた》、相変わらずね……」

いつでもブレないシーリーに呆れつつ、今はこの能天気さに救われた気がした。

「でも婚約早々、離れ離れだなんて寂しいわね」

「そうは言っても王妃教育で忙しくて寂しさを感じてる暇がないんですもの。平気ですわ」

「本当はわたくしたちとお茶してるのも辛いのではなくて？　毎晩枕を濡らすなんて可哀想だわ……、ああ、キャサリンのそんな可愛いお顔が、殿下が不誠実なせいで泣き腫らしたものになるかと思うと、思わず肖像画を踏んでしまうかもしれないわ」

「だから寂しくないですってば！」

ロゼッタとセレーネ様はこちらがなんと返そうが、強がりを言ってる寂しい子という顔をして見てくる。

（もうっ、そんなんじゃないって言ってるのに何度言えばわかってくれるの！）

この二人は昔から私の事を可愛がるあまり、過度に構い倒す傾向がある。

特にセレーネ様は私と三歳離れているせいか、実の妹のようにとても可愛がってくれる。

だからこそ今回の急な旅立ちに憤《いきどお》りを感じているらしい。

今も可哀想だ可哀想だと悲しい顔をしておきながら、さり気なく殿下を貶《けな》す事を忘れない。

内輪だけの席だからいいものの、いつか不敬罪にならないか心配である。

「おや、今日も可愛い子たちが揃っているね。とても華やかだ」

陽気なお茶の席にふっと聞こえた男性の声に顔を上げると、そこには赤毛の美丈夫が立っていた。

「シモン様」

「こんにちは。キャサリン嬢、少し見ない間にまた可愛くなったね。まるで蕾が美しく咲き誇る瞬間を垣間見る《かいまみる》ようだ。この瞬間を見れた事を神に感謝せざるを得ないね」

「お兄様、キャサリンはもう婚約者がいますのよ。変に口説く《くど》のはやめてちょうだい」

「おや、これは失礼。でも可愛いのは本当の事だからなぁ」

あはは、と爽やかな笑顔と同時に息をするように口説き文句を紡ぐのは、シモン・ハーベルト様。

ロゼッタの義兄でハーベルト家の後継者だ。

シモン様は分家の子供で、息子に恵まれなかったハーベルト侯が将来の長として招いたのだ。

ロゼッタと八つ年が離れているシモン様はとても優しく優秀で、ロゼッタを本当の妹のように可愛がっている。社交界では美しい兄弟として話題だった。

そんなシモン様の悪い癖が老若男女、誰にでも甘い言葉を吐く事である。プレイボーイゆえに社交界ではハーレムを作る事も多いらしい。……全部聞いた話だけど。

「そもそもお兄様はどうしてこちらに？　今日は外出ではないの？」

睨《にら》みつけるロゼッタの視線を物ともせず、シモン様はメイドにお茶を言い付けている。

どうやらここから去るつもりはないらしい。

ロゼッタは更に睨《にら》みをきかすが、生憎と効果はないようだ。

「ちょっと花を愛でるぐらい許してくれよ。私もキャサリン嬢と殿下が上手くいっているのか心配なんだよ？」

「まあ！　シモン様もロゼッタと一緒で心配性なのね」

シモン様の参戦をシーリーは歓迎しているようだ。頬を紅潮させ喜んでいる。

側から見たらシモン様に恋しているのではと思うかもしれないが、私は知っている。彼女はシモン様をネタ元にしているのだ。これはただ間近で観察したいだけである。

「再三言ってますけど、何にもないんです。婚約者だなんて名前だけですわ」

「へえ、そうなんだ？　殿下の入れあげようからキスのひとつでもしてそうなのに」

「なっ！」

思わずユハン湖での出来事を思い出してしまった。顔に血が集中するのがわかる。咄嗟《とっさ》に逸《そ》らすが誤魔化《ごまか》せなかった。

「やだっ、する事してるじゃない！」

「ちょっとあの王子、手が早すぎよ」

「そんな甘い時間があるなんて！　もっと聞きたいわ！」

「あはは耳まで真っ赤だよ。初々《ういうい》しい反応だな」

「そ、そんなんじゃないってばッ」

（あれは脅しの材料なんだってー！）

しかし本当の事を言えない私は八方塞がりの状態で、攻め立てられる質問攻撃に体力がどんどん削られていった。

帰る頃には瀕死状態である。

「ただいま戻りました……」

「あらキャサリンちゃんったら大丈夫？　すごいお顔よ」

「はは……」

疲弊しきった私をお母様は不思議そうに眺めながら、思い出したように執事から何かを受け取った。

「そうそう、王太子殿下からお手紙が来てるわよ。相変わらず仲が良いのねぇ。まるで私とジャックみたいだわ」

頬に手を当て、乙女な顔をしている母を遠い目で見つめた。

両親はそれはそれは大層仲が良く、いつまで経っても新婚みたいにアツアツなのだ。

仲が良い事は子供としても嬉しい事だが、私と殿下がそう見えているとしたらお母様には一度医者にかかって頂きたい。

内心げっそりしながら、私はアマンダを連れて部屋へ向かった。

「お嬢さま、今日はハーブティーに致しましょうか」

「ええ、そうしてちょうだい」

部屋に戻るとアマンダが私の着替えを手伝ってくれる。記憶が戻ってからというもの、着替えや湯浴みの手伝いをされるのがすごく嫌だった。

アマンダに恥ずかしいから一人でやらせてと言ったら、使用人の仕事を奪うものではありませんと諭《さと》された。

確かに貴族の身の回りの世話は使用人の仕事だ。下手に言って仕事を取り上げてしまっても可哀想である。

いくら幼く小さい私でも一言声を出すだけで仕事がなくなる人もいるかもしれない。貴族とはそういうものなのだ。アマンダは私に何が大切か、何をすべきかを教えてくれていた。

アマンダが淹《い》れてくれる紅茶の香りを楽しみながら、手紙をペーパーナイフで切る。

すると封筒からひらりと花びらが落ちて来た。

中を見ると手紙と紫色の花びらが入っていた。花びらだけでは何の花かわからない。

（なんだろこれ？）

以前、殿下に何が好きかと聞かれたとき、適当に花と答えた。

正直それまで熱中するものがなかったせいでなんと言えばいいか考えあぐねて、結局〝普通〟の令嬢ならこんな事を言うだろうと考えた結果だった。

そのせいで高頻度《ひんど》で花が贈られるようになったのだ。

王宮へ出掛けると必ず私が通る場所には毎回違う花が生けてある。最初は気のせいかと思っていたが、交換の頻度《ひんど》と設置場所からして、そう考えるのが自然だった。

そのおもてなし精神というか、気の回し方が見事で、私は未だに花がそこまで好きではないと伝え損《そこ》ねている。

（大事にされてる感はあるのよね……）

アマンダは私の前にマドレーヌと紅茶をセットする。相変わらず完璧だ。

「あら、この花びらはチューリップですね」

落ちている花びらに気づいたアマンダが口を開いた。

「殿下からのお手紙に入っていたのよ。そう、チューリップなのね。紫色のチューリップなんて珍しいわね。何の花か皆目見当がつかなかったから助かるわ」

「お嬢さまに花びらだけなんて」

いつも冷静で表情筋があまり動かないアマンダの顔が歪《ゆが》んでいる。どうやら彼女の癇《かん》に障《さわ》ったらしい。

「いいの。物は増え続けて場所を取るし、花ならある程度したら土に還るから。私にはこっちの方がいいわ」

「でも」

言い渋るアマンダをよそに私は手紙を広げた。

いつも通りの丁寧で綺麗な、彼の性格を表したような字が並んでいた。

「……お嬢さま？」

どうやら私は手紙を読みながら真顔になっていたらしく、アマンダが心配そうに覗《のぞ》き込んでいた。

心配しないでの気持ちを込めて笑うと、アマンダの眉はハの字になる。

「何か悪い事でも書いてあったんですか？」

「いいえ、違うわ。悪い事なんてひとつもないのよ。ただお出かけするって、殿下の予定が書いてあるだけよ。ただの、手紙よ」

――〝市井《しせい》へ行く〟

様々な雑談の中に、そう書いてあった。

ただ、それだけだ。

殿下から市井《しせい》へ行くと連絡があってから早二ヶ月。

その間、何も変化がなかったかというと嘘になる。

あれから少しずつだが、手紙が届く頻度《ひんど》が少なくなってきたのだ。

今まで週に一度は必ず来ていた手紙が十日に一度になり、二週間に一度になった。徐々に遅れている手紙に気づくなという方が無理だった。

「殿下は主人公に会ったのよ、きっと……」

先週届いた手紙は二週間ぶりのものだ。内容はいつも通り、当たり障《さわ》りのない世間話から始まる。

大体が隣国バーゴラでの話題で観光地へ行ったとか、そこの魚介が美味《おい》しかったとか、遊学先での有意義な生活の話、あとは私への気遣い。

「私を構ってる場合じゃないんだわ」

小説の中では、市井《しせい》でトラブルにあっている主人公を殿下が助けるところから物語が始まる。

助けてくれた殿下に感謝を伝えるも、無鉄砲、じゃじゃ馬と罵《ののし》られ、主人公がキレて殴りかかるのだ。なんともアグレッシブなご令嬢である。

お互いいがみ合うのだが、市井《しせい》へ出かける度《たび》にまるで運命のように出会ってしまう。会うたびに喧嘩をしてしまうほど仲は険悪、しかしそんな日々を送るにつれて徐々にお互いを意識し、信頼していくのだ。

喧嘩するほど仲が良いとはよく言ったものである。

そんな日々の中、偶然にも主人公が泣いているのを見つけた殿下が彼女を慰めるために……

(――キス、するのよね……)

その日から急速に二人の仲は親密になり、そして想い合うようになっていく。

無意識のうちに手が自分の唇に触れていた。

唇の柔らかさを指先が撫《な》でていく。

「……階段ね」

私は殿下と主人公が幸せへと上っていくのに必要な階段。なくてはならない存在。

きっと今頃、殿下は市井《しせい》で主人公と一緒にいるのだろう。お互い偽りの姿で。

手紙の頻度《ひんど》が減ってからというもの、使用人たちが私を気遣うようになっていった。正直腫《は》れ物に触るようで気分が悪い。

アマンダだけは一切変わらない。それが今の私には救いだった。

「お嬢さま、今日も殿下からのお手紙はありません」

――ほら、こんな風に。

ノックと同時に入室してきたアマンダは、私に手紙の束を手渡した。

「ふぅ、またこんなにあるの？　これだから貴族って嫌なのよ。面倒だわ。すべて断っておいて」

「理由はいかがしましょう」

「風邪でもひいて体調が悪い事にしてちょうだい。それに、そもそも夜会だなんて何を考えてるのかしら。私はまだ未成年なのよ。無礼にもほどがあるでしょう。出来れば今後付き合いたくはないわね」

野心があるのは結構だが、常識を弁《わきま》えて行動していただきたい。非常識な人とお付き合い出来るほど私は出来た人間ではないのだ。

「承知しました。そのように。……無礼者のリストは作成済みですので御安心を」

殿下の婚約者になってから、未来の王太子妃と親睦《しんぼく》を深めたい、繋がりたいという人たちが多く、毎日のようにお茶会や夜会の招待状が届いている。

そんな日々の中、殿下からの手紙を待つだけなんて本当やってられないわ。

どうせ、もうすぐ私は婚約解消する事になるんだから。そのあとの生活の事を考えなきゃダメね。

私の今世一番の目的は家族と幸せになる事！

そしてあわよくば幸せな結婚をする事なのよ！

「アマンダ！　私は幸せになるわ！」

「はい。もちろんです、お嬢さま。私は一生お嬢さまについていきますから安心して幸せになってくださいませ」

一瞬、鳩が豆鉄砲を食ったような顔をしたアマンダだけど、すぐに破顔して応えてくれた。


結果から言うと、私は手紙を待つ事をやめた。

だっていくら待っても届かないんだもの。待つだけ無駄だと思わない？

「今日も今日とて、お勉強の嵐」

「致し方ありませんね」

「考える隙を与えない程の忙殺具合」

「お嬢さまのお望みのままに」

「もしかして私を過労死させるのが目的？」

「本当はお好きなくせに……」

「確かに学ぶ事は好きだけど！　こんな大量に頼んでないわよ！」

机に並ぶ大量の資料と課題の山。

目の前にどんどん積まれていく課題に目眩《めまい》がしつつも、私は毎日勉強に明け暮れていた。だって何も考えなくてもいいんだもの。

殿下が旅立ってから十ヶ月が過ぎた。実に早いものである。

手紙のやりとりも今はもうない。王家への連絡は続いていると王妃様とのお茶会で知ったので、王宮へ行ったとき、たまに殿下の部下に様子を聞くぐらいだ。どうやらあちらで忙しい毎日を送っているらしい。

（正直もう、どうでもいい）

どうせ捨てられる身なのだ。

この世界があの小説の世界なら、私は捨てられて怒り狂ってしまうのかもしれない。犯罪に手を出して、主人公を虐《いじ》めるのかもしれない。そして罪を犯して弟に殺されるかもしれない。

（――でも）

私が気をしっかり持って、一人で立つ事が出来れば。自分を見失わなければ。私は嫉妬に狂う事もなく、犯罪も起こす事もないだろう。

「バーゴラで殿下に好きな子が出来たって事なら、私が殿下を好きでなければ問題ないのよね！」

そう、これに尽きる。

婚約はしてしまったけれど、貴族の政略結婚は至極普通の事だ。愛し合ってない者同士も中にはたくさんいる。むしろ私の両親のように愛し合っている夫婦を探す方が難しいのではないだろうか。

殿下の事を好きにさえならなきゃ、私がおかしくなる事はない。じゃあ別に婚約破棄しなくてもいいのでは？　と思われるかもしれないが、それは絶対イヤ。

そりゃあ、いくら好きじゃないからといっても、婚約者がよそに女を作るのを許すような器のデカイ女じゃないからよ。私はそこまで出来た女じゃないわ。

要は、婚約者に想い人が出来たら婚約破棄。

私が殿下に惚れても婚約破棄。

つまりどっちに転んでも結果、婚約破棄である。

「では、王太子殿下が今もお嬢さまを愛していたらどうなのですか？」

アマンダが突然問いかけてきた。山のような課題を手に持って。

ちょっと待て、それを机に乗せるんじゃない！

「そんな事あるわけないじゃない。現に連絡も来なくなったのよ」

課題は語学のようだった。正直泣きそうである。

「確かに連絡はないですけど、でもそれだけで気持ちが冷めたと思われるのは時期尚早では？」

「うーん、だってあんなにまめに連絡をしていた人なのよ？　こんなふうに連絡を断つとなると、そういう事じゃないの」

今までの執着が嘘のような放牧である。なんたる開放感。

「でもあの王太子殿下なら、気持ちが冷めた時点でお嬢さまに断りの連絡でもしそうですが」

「……」

なるほど、確かに。

思わず神妙に頷いてしまった。

「じゃあ殿下に何かあったって事？　そうだとしたら一大事じゃない。王族が隣国で事件に巻き込まれたとなると、下手すると戦争よ。タダでは済まないわ」

羽ペンをペン立てに仕舞ってアマンダの顔を見た。

もし万が一、殿下の身に何かあったのなら。

（まさか主人公に会うために市井《しせい》へ行ったときに？　それとも偵察に行ったときとか？）

いくら友好国といえども、盗賊などの罪人がいないわけじゃない。それは隣国に限らずだけど、運悪くそんなのに遭遇して命が脅かされたら……

「……でも、殿下は城には連絡している様子だし、私が心配するような事は起きていないと思うけど」

「それがどうやら殿下からの報告というわけではないようですよ。あちらの伝馬隊の使者からの情報らしいので」

「伝馬隊から？」

伝馬隊とは、隣国から我が国にやってくるバーゴラ王家直属の連絡隊の事だ。外交関連で使われる事が多く、我が国との貴重な連絡手段である。

定期的にこちらに来ているとは聞いていたが。

アマンダは、こっくりと頷いた。

「どうやら殿下自身が多忙というのは間違いないそうです。城内に留まって何かをしているそうですが詳細まではわからないようで」

「そう……」

あちらですら殿下の詳しい状況を把握していないとなると、お手上げ状態という事だ。

「まあどちらにせよ、定期連絡が入っているなら身の安全は保障されているって事ね」

恐ろしい想像が現実にならなくてホッとしたわ。この国の一大事になりかねないもの。

しかしそれより、私には気になる事が……

「というか、どうしてアマンダがその事を知ってるのよ」

そう、これ。

アマンダは侍女として優秀だけど、いつからそんな情報通に？

「どうしてって、お嬢さまが王宮で勉学に励まれている間に何か役に立てないかと、色々と皆に聞いて回りました。少しでもお嬢さまの憂いが晴れればと」

無表情が標準装備のアマンダが少しだけ恥ずかしそうに笑う。

「お嬢さまが幸せなら私はどんな形でもいいんです。王太子妃になろうが、婚約破棄されようが。私の一番の願いはお嬢さまの幸せですから」

「アマンダッ」

なんて出来た侍女なの……！

思わず目頭が熱くなるが、グッと我慢する。淑女は気軽に涙は流してはならないのよ。

だけど、待って。そこでなんでまた書類の山を机に積むの？

その課題の山が私の幸せのためなの？　そうなの？

＊　＊　＊

「お嬢さま、準備が出来ました」

「ありがとう」

今日、殿下が帰ってくる。

遊学に旅立たれて一年が経った。正確にいうと一年と二ヶ月。当初の予定とは少し異なったが滞《とどこお》りなく終えて帰ってくるらしい。彼の帰国を祝して、本日王宮で式典兼舞踏会が行われる事となった。殿下の婚約者である私は当然招待される。

時が経つのは早かった。毎日が忙しかったのもあるけれど、本当にあっという間だった。楽しく過ごせていたと思う。ときどきふとした瞬間に殿下の事を思い出して苦い気持ちになったけれど。

今日の私が身に着けているのは、すべて殿下から届いた贈り物だ。

私の瞳の色に合わせたグリーンの柔らかい生地に繊細なレースを何層にも重ねたオフショルダーのロングドレス、キラキラ輝くヒール。そして髪には星屑を散らしたような繊細なティアラにブルーサファイアのイヤリング。そのどれもが一流の職人が手掛けた作品というのがよくわかる代物《しろもの》だった。

このプレゼントが届いたときの使用人たちは、今思い出しても笑えるぐらいの動揺っぷりだった。何が起きたのかわからないようで現実を見るのに苦労しているぐらい。でも泣いて喜ぶ人もいたから余程心配させていたらしい。振り回してしまって申し訳ない。

（……まあ、一番驚いているのは私だけどね！）

このプレゼントと一緒に届いた手紙には、近日中に帰る事、そして私の誕生日を祝う言葉と一緒に〝すぐに会いたい〟と書いてあった。

久しぶりに届いたとは思えないような、いつもと変わりのない手紙は、私が覚えていないだけで、本当は今まで普通に連絡しあっていたと錯覚しそうになるものだった。

あまりの変化のなさに自分がおかしくなってしまったのかと心配したが、私は至って健康で、おかしいのはこの手紙の送り主である。

(今までの事を水に流すつもりなのかしら)

半年以上、音沙汰のない状態だった人にどういう反応をするのが正解なのか、わからない。今更プレゼントを寄越《よこ》して一体何のつもりなのだろう。

相変わらず彼の考えている事がわからなくて、ここ最近平穏だった私の気持ちが少しずつざわめき立つのを感じた。

「そのネックレス、よくお似合いですよ」

私が散々着けたくないと駄々をこねたのにもかかわらず、問答無用で着用させた張本人——アマンダは満足げに頷いている。

「一時期はつまらない贈り物ばかりでとんだ野郎だと思っておりましたが、これには見直しました」

「まぁ確かに珍しい宝石だと思うわ。屋内と屋外とで色が変わるとは思わなかった」

このネックレスに使われている宝石は多分アレキサンドライトだろう。前世でチラッと見た覚えがある。珍しい鉱物だという事以外詳しい事はわからないが、今世にもあったのか。小説内では宝石の種類までは書かれていなかったから私も知らなかったけど……

もらった当初は、主人公に渡すネックレスを間違えて私に贈ってしまったのだと思って何度も返品する旨を手紙で伝えたが結局受け入れてもらえず、ずっと手元にあった。

本当に身につけるつもりはなかったが、まさかその日が来ようとは。

果たしてこれは私が身につけていい物なのだろうか。

結局、殿下は主人公に出会えたのだろうか。

小説の物語では知っていても、〝私〟からでは殿下の様子はわからない。何が起こってるのか知る術《すべ》もないのだ。

「キャサリン、今日のエスコートはケビンとニコルがするからね。あちらでも私たちから無理に離れる必要はない」

馬車に乗るために玄関ホールへ行くと両親と弟たちが既に揃っていた。遅刻したかと焦って足早に近づくと、開口一番にそんな事を言われた。父も母も弟たちも神妙な顔をしている。

どうやら式典兼舞踏会でどう動くかの家族会議をしていたらしい。

家族は私たちの音信不通事件（勝手に命名した）について今まで直接聞いてくる事はなかったが、多分私に気を遣っていたんだろう。

そして今日も、私が気丈に振る舞っていると思っているらしい。勝手に気落ちしていると勘違いしているのだ。誠に遺憾《いかん》な話である。

「キャサリンちゃん、無理に行かなくてもいいのよ。確かに殿下の帰還式典ではあるけど、……王妃様は理解してくださるわ」

王妃様とは婚約してからというもの、とても仲良くしていただいている。会えない殿下の代わりに定期的に内輪だけのお茶会を開いてくださるのだ。ご多忙でお疲れなのは王妃様なのに、会う度《たび》に私の心配をしてくださる姿はさすが国母だと言わざるを得ない。

「もうみんな大袈裟《おおげさ》よ。私は大丈夫よ、一緒に行くわ。折角こんな素敵なドレスを頂いたんだもの。これで欠席しては失礼よ」

渋る母と父に笑って言うと、後ろにいたケビンが声をあげた。

「先に失礼な事をしたのは向こうだろ。僕は一向に構わないと思うけど」

いつになく口調が荒いケビンに驚く。ケビンったら、いつの間にこんな口が悪くなったの？

「それに本音を言うなら、姉さんと会わせたくない。姉さんが苦しい思いをするだけだ。忙しいって連日連夜とかじゃないだろ、寝る時間くらいはあるはずだ。それならその睡眠時間を削ってでも姉さんに手紙を出すべきだ。そんな事も出来ない奴に姉さんを渡したくない」

度を超えたシスコン発言だと思うが、その内容に息を呑んだ。

おこがましくも、私もそう考えたときがあったからだ。

隣国で我が国のために頑張っている殿下に対して、少しぐらい隙間時間があるだろうとか主人公に会いに行ったりしてるんだろうとか、毎日余計で、無駄で、くだらない思考が邪魔をしてきた。

そんな思考を振り払うために、私はより一層勉学に励んだ。

学ぶ事は好きだ。知識は裏切らないから。それは味方であり私を護る鎧《よろい》でもあるのだ。

「姉さんは家にいなよ、それかすぐ帰ろう。僕とニコルもすぐ帰るし、家で勉強教えてよ。わからない計算問題があるんだ」

「ぼくも教えて欲しいです。お姉さまと一緒にお勉強して過ごしたいな」

「うっ」

上目遣いで強請《ねだ》ってくる可愛い弟たちに見事なワンツーコンボを食らい、思わず仰《の》け反《ぞ》った。なんという反則技だ。母性本能を確実に狙った犯行と言えよう。

「で、でもね、さすがに今日は無理じゃ」

――ないかしら。と続ける言葉はそれは見事に、完膚《かんぷ》無《な》きまで粉砕された。

「姉さん」

「お姉さま」

ねっ、お願い――

両腕にしがみつく弟たちに、私は決意と共に天を仰《あお》いだ。一刻も早く帰ろう、と。


それはとても夢のような、キラキラとした世界だった。

王宮で催《もよお》される行事はすべてこの王立大ホールで開かれる。

人がザッと千人は入る大ホールは、天井に美しいフレスコ画と光り輝く巨大なシャンデリアがあり、テラスへ続く硝子《ガラス》戸は薔薇《ばら》をモチーフとしたステンドグラスで彩られている。控えめだが華やかさに手を貸すように飾られた生け花、上質な毛長の絨毯《じゅうたん》。

それらの絢爛豪華《けんらんごうか》な品々に思わず金勘定してしまうのは私だけじゃないはずだ。多分。

招待状をドアマンに手渡すと、家名を呼ばれ、入室を促《うなが》された。

大ホールは既に沢山の貴族たちで賑わっており、我がレイバー家の登場に周囲の視線が一気に集まった。皆、王太子殿下の婚約者を見たい一心なのだろう。

私がなるべく普通に、可もなく不可もなく他人の意識に滑り込まない程度の一礼と、家族と共に数名の方への挨拶をすると、大半の貴族は興味を失ったのか、自分たちの交流に移っていった。

周囲に印象を与えない方がいい。婚約破棄後、動きにくくなる。

穏便に済ませるつもりだが、国外追放や爵位返上もあるかもしれない。その醜聞《しゅうぶん》で家族を嫌な目に遭わせないためにも目立ってはいけない。

(……もう意味がないかもしれないけど)

未だに好戦的な眼《め》で見つめてくる貴族が数名。

私は彼らをチラッと確認した。

(ふむ、なるほど)

パッと見た限り、男爵家から上は公爵家まで、それこそ身内に美しい娘がいる貴族たちばっかりである。しかもその内の何名かとは交流もあった。

既に貴族名鑑を脳内に収納済みなのでパッと情報が出てくる。日頃の努力の賜物《たまもの》だ。

(しかし私って悪役のはずなのに、家格とか容姿とか色々残念よね)

自分で言うのも何だけど特別これ！　といった決定打に欠けると思う。そりゃあ普段から〝普通〟である事にこだわっているから、これでいいのだけど。

容姿や家格は生まれたときにはどうにもならないしなぁ……、もっとババーンと堂々としていられると悪役令嬢として箔《はく》がついたのかもしれない。いや別に悪役になりたいわけじゃないんだよ。例えの話だよ。

「姉さん、大丈夫？」

隣にいたケビンが心配そうにこちらを見ていた。

今までこちらを見上げているばかりだった彼だが、もう少ししたら私を越してしまいそうなぐらい大きくなっている。きっと来年には同じぐらいになるだろう。

「うん、大丈夫よ。ありがとうケビン」

優しいなぁと微笑んで頭を撫《な》でると、顔を赤くして私の手を避けた。

「もう子供じゃないから、やめてよ」

「ふふ」

「姉さま姉さま、ぼくも」

顔を染めるケビンの傍から羨ましそうにニコルが頭を差し出してきた。あああ、可愛い。私はニヤける顔を引き締めるのに必死だった。

弟二人の可愛らしさを堪能していたら盛大なファンファーレが流れ始めた。いよいよ王族のお出ましである。

「――今日はご苦労であった。皆にはレオナルドの今後の働きを期待してもらいたい。今回の遊学がいかに意義のあるものなのかを自らの働きによって証明してみせるだろう」

陛下の言葉に、その場にいた全員が深く頭を下げる。

陛下と王妃様の傍《かたわ》らに立っている殿下は、一年ほど見ない間に美少年から美青年へと変貌《へんぼう》を遂《と》げていた。

さらりと流れる金髪はそのままだが、身長は以前に比べ三センチほど伸びている気がする。顔つきもまだ少年っぽさは残っているものの、中性的だったものが男の顔つきになっていた。

この国では十八歳になると成人として扱われるようになるが、王族は違う。王族だけは政務を正式に行えるようにするため十六歳からが成人なのだ。レオナルド殿下は遊学の最中に誕生日を迎え、一足先に成人となっていた。

「とても有意義な一年だった。私はこれから国の発展のため、我が身でもって隣国、ひいては周辺国と共生していく姿勢を皆に示そう」

大衆の前で柔らかく微笑み、決意する姿に会場に集まっていた何名かの令嬢が黄色い悲鳴をあげ、何名かの夫人が頬を赤らめた。

帰ってくるなり以前よりも数多《あまた》の女性を魅了しているようで、少しだけ溜め息が漏れた。

王家の挨拶の後、ファーストダンスを陛下と王妃様が行う。その次に踊るのは私と殿下だ。

（ああああ！　すごく緊張するっ）

緊張のあまり口の中が乾きまくっている。パサパサだ。実のところ、彼は登場してから、ずーっとこちらを見つめてきていたのだ。演説の最中はさすがに私から視線は外したけど。

（一体何を考えているんだろう）

投げかけてくる眼差しに嫌悪のような負の感情は混ざっていなかった。むしろ好意的な印象を受けた。

（……ヒロインと会ったのよね？　だから手紙を送らなくなったんでしょう？）

市井《しせい》へ行くって言っていたし、会わない確率の方が低いのではないだろうか。なんだかんだ小説通りに進行している気がするし。

陛下たちのファーストダンスが終わろうとしていた。私は家族から離れて輪の中心へと近づいて行く。周りの貴族は私に気づくと静かに道をあけた。

心臓が口から出て行きそうだ。

早鐘を打つ心臓に活を入れて中心にたどり着くと、ちょうど二人のダンスが終わり、王妃様が私に笑いかけた。

私の気持ちをすべて理解してくれているような笑みだった。

私の手を王妃様が掴《つか》み、陛下に導かれるように現れた殿下に繋げた。そして微笑みながら一歩下がると、もう自分たちの役目は終えたと言わんばかりに玉座へ戻って行った。

その様子を何気なしに見ていたら、突然腰に腕が回され、抱きしめられた。

「キャサリン」

驚きのあまり顔を上げると青い瞳が私を見つめていた。その瞳の奥には仄かな熱が含まれているようで、小さく震える。

な、なんなの――!?

「さあ、踊ろう」

驚きと戸惑いで動けなかった私を殿下は静かにリードし始めた。

動き出した私たちに合わせて旋律が流れ始める。さすが王宮音楽隊、私の遅れをカバーするように、曲の初めがオリジナルと比べるとゆっくりで、こちらの動きに合わせてくれる。なんという采《さい》配《はい》だ、ブラボーである。

すると、吐息が触れそうなほど更に身体がグッと近づいて、殿下は笑った。

「キャサリン、ただいま」

優しい眼差しだった。一年間を帳消しするような優しさに溢《あふ》れた笑顔。この顔は私だけに向けられるものだと、……信じたい。

胸がギュッと締め付けられる。ずっと見ていたい笑顔に思わず目頭が熱くなった。

――寂しかった。

――悲しかった。

――不安だった。

――心配だった。

――辛かった。

――……苦しかったの。

様々な感情が瞳に膜を作る。このまま感情のままに溢《こぼ》してなるものかと力を入れて微笑む。うまく笑えているだろうか。

「おかえりなさい。殿下」

くしゃりと笑う私を殿下は愛おしそうに見つめていた。

＊＊＊

大勢が見守る中、仲睦《なかむつ》まじく踊る二人はとても絵になった。

様々な噂が流れる社交界だが、その中でも二人の話題はとびきりのネタであった。

婚約が発表されて間もなく、レオナルドは隣国へと向かってしまったため、実際二人が一緒にいるところを見た者は極端に少ない。それ故に婚約は遊学前に体裁を整えるための暫定的なものだという噂話がまかり通っていたのだ。

もともと大した権力もない伯爵家の令嬢キャサリンとの婚約発表に、社交界の面々はいい顔をしなかった。

王太子妃に我が家の娘を、と考える家は多く、また、レオナルドの顔の良さも相まって王太子妃の座は裏で様々な思惑が渦巻いていた。

だがあらゆる権力を駆使し、婚約者候補の座を勝ち取ったとしても、見合いの場でレオナルドの無表情ぶりに泣いて逃げて行く令嬢が多発したため、婚約者の座はずっと空席のまま。

普段穏和に応じる人間が無表情になっている様《さま》は一種のトラウマだ。

権力を得たい貴族たちは、どうにかしてその場所に娘を充《あ》てがいたく知恵を絞るのだが、その娘たちは密《ひそ》かにその座が空き続ける事を望んでいた。

なぜなら彼女たちにとってレオナルドは、一種のアイドルだからだ。

見目麗しく、権力を笠に着る事もなく、賢王たる素質もある王太子は国民から絶大な信用と信頼があり、他国へ自慢したいほどの存在。それ故に他者のものになる事が面白くないと思わせてしまうのだ。

誰かのものになるのならずっと一人でいて。そう願う令嬢は数知れず。そんな令嬢たちにとって、レオナルドが婚約を発表したときの衝撃は想像を絶するものだった。これほど阿鼻叫喚《あびきょうかん》という言葉が相応《ふさわ》しい出来事は今までになかった。

しかもその相手が、なんとも冴《さ》えない伯爵令嬢だから余計だ。

キャサリンはぱっと見、地味と評される事が多い。

プラチナブロンドはとても艶があり自慢出来るものだが、それ以外は普通と思われている。それというのも絶対に目立ちたくないという気持ち一心で、キャサリンが相手に与える印象を操作しているからだ。

人間とは表情ひとつで相手からの印象をある程度操る事が出来る存在である。他者の表情や状況、雰囲気を正確に読み取ることに長けた貴族同士であれば印象操作は嗜みのひとつだ。

それをキャサリンは相手に気取《けど》られる事なく行った上で、自分がよく思われるようにではなく、人の陰《かげ》となるように印象を操っている。

親しい者たちの中でのキャサリンは天使のように微笑み、無邪気にはしゃぐ姿は妖精のようだと評される。

実際、彼女は表情に感情が乗ると、かすみ草のような存在が薔薇《ばら》のように激変するのだ。冴《さ》えないと評されるその顔は、実のところ感情を乗せず、無愛想にしているだけなのである。

「帰ってきて早々、面白い話を聞いたよキャサリン」

「なんでしょう？」

楽しげにステップを踏みながら聞いてくるレオナルドに、キャサリンは笑顔で聞き返した。よく見るとその笑顔は引きつっている。

「僕がいない間に男を侍《はべ》らせて遊びまわっていたんだってね」

「……」

「他にも僕を脅して婚約者の座を得たとか、身体で誑《たら》し込んだとか。他にもいっぱいあったかな」

にこにこ笑うレオナルドにキャサリンは冷や汗が垂れるのを感じた。

〝王太子を誑《たら》し込み、脅し、婚約させた〟

〝婚約者だけに飽き足らず、男を侍《はべ》らせて遊び回っている〟

というのは根も葉もない社交界での噂であり、何ひとつ事実ではない。だが、その噂は紛れもなくキャサリンへの評価であり、王太子妃の自覚云々の前に貴族令嬢として最悪の状態なのである。

「あの、わかっていただけていると思いますが、それは――」

「大丈夫だよ。そんな馬鹿げた話をしている人たちの名前はバッチリだから。いつでもいけるよ」

笑っているのに目が笑っていないというゾンビも真っ青な表情をしていながら、器用に視線だけを周囲に向けている。

最後に言った〝いつでもいける〟という言葉が恐ろしすぎて、キャサリンの顔も別の意味で真っ青になったのは言うまでもない。

＊　＊　＊

そんなこんなでファーストダンスが終わり、私はほっと一息ついた。思った以上に緊張していたようだ。

「お疲れさま。疲れただろう、少し休むかい？」

「いいえ、まだ陛下にご挨拶が出来てないので」

「そっか」

優しく私を見つめる眼差しに思わず顔を逸《そ》らしてしまう。

約一年ぶりに会う殿下のご尊顔は大幅にレベルアップしており、目を潰しかねないほどの輝きで直視出来ない。

（ぐっ、眩しすぎる……！）

イケメンがスーパーイケメンになり、そしてウルトラスーパーイケメンへと成長するのだ。その隣が私とかやばすぎる。身が滅ぶ未来しか見えない。

「そうだ、キャサリンにお土産があるんだよ。たくさん用意しすぎて荷馬車に乗らなかったから明日届くんだけどね。バーゴラでの話もあるし、キミの話も聞きたいから、出来れば明日も会いたいけど、どうだろう」

「あ、明日ですか」

「なんなら泊まってってもいいんだよ」

「——伺《うかが》います」

一瞬で表情が真顔になったのは仕方がないと思う。そんな私に気を悪くする様子もなく、殿下は微笑みながら見つめてくる。

「……なんですか」

「いや、良かった、と思って」

「え？」

少し言葉を濁《にご》しながら話す殿下を珍しい気持ちで見る。本来の彼は王太子として理路整然たる話し方が多く、言い淀《よど》む事などないに等しい。

「キャサリンが僕と会い、話してくれる事が嬉しいんだ。ただそれだけ」

少し眉を下げて言うその表情は、あまり見た事がないものだった。

「……そのお話は明日、お会いしたときにお聞きしますから」

だから早くその捨てられた子犬みたいな顔をやめてください。そう小声で言うと、自覚があったらしい殿下はいつもの表情に戻った。

捨てられ、忘れられたのは私だと思っていたのに、どうやらそうではないらしい。

同じように殿下が思っていたとすると、音信不通の期間に一体何があったんだろうか。

帰還式典兼舞踏会は滞《とどこお》りなく終わり、私は家族と共に家へと帰った。

「はぁ……なんだか落ち着かないわね……」

しっかり寝たはずなのに緊張していたせいか、疲れがあまり取れなかったようだ。翌朝も心がずっとざわついている。

「昨日の今日で無理もないでしょう。殿下とはとてもお久しぶりでしょうし、聞きたいお話もたくさんあるのではないですか?」

確かに、聞けそうであればヒロインとの話は処刑回避のために聞いておきたい。

私のそんな考えなど知らないアマンダは、着替えを手伝い終えた後、アクセサリーを選んでいる。その手には昨晩身につけたアレキサンドライトのネックレスもある。

「正直私は今でも怒っていますけどね。お嬢さまを傷付けておいて虫が良すぎるのです。お嬢さまは甘い対応をしておられますが、少しは痛い目を見てもいいのではないでしょうか」

「ふふ、その意見もわかるわ。私だってそう思っていたもの。少しぐらい強気に出てもいいかなって思ったけれど、昨日の様子を見る限り、何か理由があったのよ」

「そこです。それが甘いのですよ。ああいう輩《やから》にはガツンと言ってやらねばならないと思います」

アマンダは私にアクセサリーを装着させて髪のセットに移る。

彼女はいつも一人で私の面倒をすべて引き受けている。それだと休む暇がないだろうと思い、一時的にメイドを追加しようと考えていた。だが、それは彼女の手で阻《はば》まれた。

彼女が私の世話をするのが生きがいだから奪わないでと懇願したのだ。

私はただ単純に彼女に休む時間を与えたかっただけなのに、そんな理由で断られるとは思っていなかった。こういう生き方もあるのかと、驚いたけど。

結局そのときから他のメイドを頼んだ事はないし、私に触れるのは彼女だけだ。

それからもアマンダはなんら変化なくいつも通り過ごしていたが、少しは考えを変えたようで、数時間ではあるが時々休憩をするようになった。彼女は私に尽くしすぎている節があり、少しは自分のために生きて欲しかったから、その変化が私は嬉しかった。

まあ何が言いたいかというと、彼女は私にめっちゃくちゃ甘いという事だ。

それ故に、王太子殿下をたまに〝輩《やから》〟呼ばわりするのである。不敬罪にならないか心配である。


身支度を終え、出勤する父と共に王宮へ向かうと、入り口には殿下の側近であるマイセン様が立っていた。どうやら私を迎えに来てくれたらしい。

「本日はご足労いただきまして、誠にありがとうございます。本来であればこちらから迎えをさしあげるべきでしたが……」

「いいえ、父の登城に合わせて一緒に来ましたので、お気になさらないでください。こちらこそ時間の都合をつけてくださって、ありがとうございます」

マイセン様は丁寧に挨拶をしてくれた。

彼は本当にいつも丁寧だ。こんなに紳士然としているイケメンなのに、浮いた話を聞かないのは不思議なものである。

それから広い王宮内を当たり障《さわ》りのない会話をしながら案内してくれていたが、彼の顔がふと陰《かげ》った。

「キャサリン様」

「はい？」

「……殿下を待っていてくださって、ありがとうございます」

小さな声で発せられるその言葉には、僅《わず》かばかりの緊張と不安が含まれている気がした。

「こうしてキャサリン様が城へ来てくださる事が私は何より嬉しい」

歩みを止める事なく前を見据《みす》えるその姿は逞《たくま》しく、この一年で何かがあったと察する事が出来るほどに精悍《せいかん》な顔つきになっていた。

「殿下はこの一年とても頑張っておりました。大変な事も辛い事も、文句ひとつ言わず努力し、その身が擦《す》り切れ、体調が悪くなろうとも止まる事はありませんでした」

苦々しく眉を寄せるマイセン様は固く握った手を開いた。

「すべてはキャサリン様、貴女《あなた》のためです。……もちろん、国のためと言われればそう答えるでしょう。けれど、それも貴女《あなた》様がこの国にいるからなのです。キャサリン様がいるから殿下はこの国のために動くのです」

立ち止まったマイセン様はこちらを見据《みす》えると、誓いを立てる時のように静かに胸に手を当てた。

「この後、キャサリン様が殿下の話を聞いてどのように判断されるか私にはわかりません。しかし、これだけは忘れずに覚えておいてください」

真剣な表情で訴えるマイセン様の瞳には主人を想う強い決意が表れており、私は急に喉《のど》が渇いた気がして思わず唾《つば》を呑み込んだ。

「殿下はキャサリン様、貴女《あなた》様だけを想っております。その気持ちに嘘偽りは一切ございません」

「……マイセン様」

戸惑う私をよそに、彼は微笑み、張り詰めた空気を表情だけで変えてみせた。

「さて、長話をしすぎましたね。痺《しび》れを切らした殿下が乗り込んで来る前に行きましょうか」

そうして案内されたのが執務室だった。

応接室に行くものだと思っていたので少し驚いた。なにせ執務室に客人を招く事は一部の例外を除き、ないに等しいからだ。

確かに婚約者も王族の公式行事に参加する事があるため、執務室に入る事自体はおかしくないのだが、久し振りに招かれた場が執務室というのは少々意外だった。

殿下の執務室はとても広く、室内には沢山の荷物に囲まれた応接セットがあった。

「殿下、本日はお招きいただいてありがとうございます。殿下におかれましてはご機嫌麗しく……ぐえっ」

「キャサリン！　来てくれてありがとう……！」

入室して挨拶半《なか》ばで急に抱きしめられ、不覚にも令嬢らしからぬ声が出てしまった。

変な声をあげた事が恥ずかしくて、出会ったばかりだというのに走って逃げ出したくなった。

というか、昨日からスキンシップが激しすぎる……！

「で、殿下、はなじ……ぐっ」

「キャサリン、はぁ、キャサリン……！」

「ぐ、ぐるじ」

「殿下。お会い出来た事を喜ぶのは結構ですが、このままだとキャサリン様が潰れてしまいます」

大蛇に絞《し》め殺されるかのような格好で苦しむ私を眺めながら冷静に諌《いさ》めるマイセン様に、殿下は苦々しい顔をした。

「少しぐらい大目にみてよ」

「キャサリン様に嫌われても知りませんよ」

その一言にスッと身を引く殿下を見て、さすがは側近歴が長いだけあるなと感心した。扱いが慣れている。

「ごめんね。久しぶりのキャサリンに理性が仕事をしなかった」

「いやそこは働かせてください……」

（……何を言っているんだこの人）

思わずガン見すると何を勘違いしたのか、殿下は少しだけ口ごもり、照れた。

「やっぱり嬉しいな。昨日会ったばかりだというのに、君にこうして会えるのは。……元気にしていたかい？」

どこか懐かしむような眼差しで私を見る殿下は、離れていた一年間なんてないかのような、以前仲良くしていた雰囲気のままだった。その瞳に誠意や優しさが実直に表れていて……

——だからだろうか。

「私の方は何も変わらず元気に過ごしておりました。殿下はお変わりありませんでしたか？　とても心配しておりました」

気がついたら普通に話していた。

(——あれ？)

ここへ来る前からどうやって嫌味を言ってやるか、ずっとずーっと考えていた。

少しぐらい憎らしい可愛げのない言葉を言う権利はあると思っていたから。文句を言ったってさすがに不敬罪だなんて事にはならないだろう。だって向こうに非があるんだもの。

だけど実際に殿下を前にして出てきた言葉は、文句でもなく捻《ひね》くれてもいない、普通の言葉だった。言ったのは私だが、私が一番驚いた。

「……うん。元気だったよ。ただ少し問題を抱えてたから忙しかったけど。……それを含めて、きちんと話をするね。キミにはそれを聞く権利があるから。それに渡したいものがたくさんあるんだ。こっちへ来て」

私を応接間の椅子に座らせるとテーブル周辺にあった荷物を侍従に開けさせた。両手サイズの箱に入っていたのはキラキラと輝く砂糖菓子だった。

「わぁ、とても綺麗。これはオランジェット？」

「そう、バーゴラで今話題の砂糖菓子だよ。気に入った？」

「ええとても。でも綺麗過ぎて、食べるのがもったいないぐらい素敵……」

砂糖が灯《あか》りに照らされてキラキラと輝いている。その形は前世で見たものと寸分違わぬものだった。

私の言葉に微笑んだ殿下は、それからありとあらゆるものを出してきた。

それこそ希少価値の高い宝石を原石から採取加工したアクセサリー、特殊な技法で作られた織布《しょくふ》。上質で精巧なレースで作られたドレス。その他、家具やら小物やら数えきれない量の贈り物の品々に私は慄《おのの》くほかなかった。

「ちょ、ま、待って、待ってください！　こんなにたくさんはいくらなんでも受け取れません！」

「受け取って貰わないと困るよ。だってここにあるのはすべてキャサリンのために用意した物なんだもの。キミに受け取って貰わなきゃこれらはどこへ行くの？」

受け取るのが当然といった顔で言ってのける殿下は、ひとつのブレスレットを手に取った。

「これもキャサリンの喜ぶ顔を思い浮かべながら選んだんだよ。キミには何が似合うだろうか、どんな物が好きなんだろうか。ひとつひとつ私にとっては思い出の品なんだ。……だから受け取って欲しい」

「……殿下」

ブレスレットを片手に私の横に席を移した殿下は、私の腕にそれを着けた。澄んだ青空色の宝石を蔦《つた》が囲うような形のブレスレットだ。

「……この品々はキミに贈る事が出来なかった一年間の物なんだ」

「え？」

（贈る事が出来なかったって……）

控えていたメイドたちに大量のプレゼントを片付けるように指示した後、殿下はアマンダを含め彼女たちを下げさせた。室内には私とマイセン様と殿下の三人だけとなった。

「この一年間、バーゴラへ遊学兼両国間の親睦《しんぼく》を深めるために行ったわけだけど。……実際はそうじゃないんだ」

（どういう事？　遊学以外の目的があったって事？）

そんなストーリーがあったかどうか、考えても思い出せない。

私が覚えている限り、小説の中で王子の国の事情について詳しく出てくるのは、少なくとも私たちが王立学園へ入学して、ヒロインが編入してくる辺りからである。それ以前の事柄など小説には登場していない。裏設定があれば別の話だけれど、それは一般読者にはわかる事ではない。

「よく考えてみて。バーゴラと我が国の関係性を」

バーゴラとこの国の関係性？　特に問題があるわけじゃないはず。むしろ良い関係のはずだ。

「……極めて友好的なものだと思います。隣国という事もあって貿易も盛んに行われており、バーゴラとの輸出入に関する我が国の市場はとても賑わっている。人同士の交流も他国に比べると盛んで、今回のような学生や研究者、政府関係者など多岐《たき》の分野で人材が頻繁《ひんぱん》に行き来しています。民族間の問題も少なく、国民性も合う。両国間の友好関係はとても良好だと——」

はたと気づいた。

（これだけ良好な関係なら、それ以上の事は必要ないのでは？）

今の状態でこれ以上親交を深める必要など、ないのだ。

「さすがキャサリン。パーフェクトな回答をありがとう。こんな素敵な婚約者がいて私は鼻が高いよ」

「いえ、そんなに褒められる事じゃないですから……」

「謙遜しなくてもいいよ。キャサリンは常に努力しているし、王宮内でも評価されている。もっと自分を褒めてもいいんじゃないかな」

「私はただ必要な知識を得ているだけで」

「キミにこれ以上の教育は必要ないのではと報告を受けているんだよ。それだけキャサリンが頑張って勉強しているという事だね」

すごい、頑張ったね、嬉しいよ、と手放しに褒める殿下に最初は嬉しかったが、あまりに褒めちぎるから段々と恥ずかしくなった。

というか怪しい……

ふと気がつくと、先ほどまで室内にはマイセン様も含めて三人だったはずなのに、いつの間にか殿下と二人きりになっていた。

（二人きりはまずい）

思わずソファから立つと隣にいた殿下が笑った気がした。

立ち上がった私に何を言うわけでもなく、彼も立ち上がり、離れたはずの距離がまた近くなった。

その瞬間、ぶわっと記憶が蘇《よみがえ》る。

――初めて二人きりになったときの事。

――初めて抱きしめられたときの事。

――初めてキスされたときの事。

まるで昨日の出来事のように思い出す一連の記憶は、この一年の間に何度も夢に出てきて私を混乱させた。

あんな事がなければ、こんな辛い想いをしなくて済んだかもしれない、と。何度も後悔した。何度もあのときの事を思い出してはもっと逃げようがあったのではと悔やんだ。

だからだろうか、二人きりは恐ろしく感じてしまう。

私は殿下と距離をあけて冷静になるよう努めた。

先ほどメイドが用意してくれたティーカップがない事から、恐らくマイセン様は新たにお茶を用意してくれているのだろう。たぶん……

「ま、マイセン様、遅いですね」

そもそもいつのまに出てったか気づきませんでしたけども！

緊張のあまり笑顔がカチコチだが致し方ない。

そんな私を見て殿下は余計に笑みを深めた。

「また、警戒してる」

じわじわとこちらへ近づいてくる殿下に同じくじわじわと後退していく私。ちょっとちょっとそれ以上近づいてこないで！

「もしかして一年前の事、気にしてるのかな」

今まで以上に大きな一歩を踏み出した殿下はあっという間に距離を縮めてきた。

彼の手が私の手を掴《つか》む。

「ひっ」

「ふふ、前もそんな風に言ってたね」

変わってないなぁと殿下はこの状況に似つかわしくないほどのんびりしている。

私はというと、パニック状態である。

「あ、あの、殿下。手をはな——」

「さないよ」

にっこり微笑んだ殿下は抜け出そうとしている手を更にぎゅっと握った。そして反対の手で私の髪を掬《すく》う。

私はその行動にぎょっとして掴《つか》まれていない手でその髪を咄嗟《とっさ》に払った。

無意識の行動だとしても、正直めちゃくちゃ失礼な行動である。

だけどそんな行動をなんとも思っていないのか、殿下は微笑みながら、ごめんね、と謝った。

「さすがに触られるのは嫌かな」

そんな事を言いながらも、手は掴《つか》まれたままである。

なんという矛盾。

「その、やはり婚約者といえども室内で二人きりはよくないと思うんです。それに過度な接触もよくないと――」

思う、という言葉は急に私を引き寄せて、抱きしめた殿下の身体に当たり、もごっと言葉にならない声として出ていった。

「キャサリンは、いつになったら私の名前を呼んでくれるのかな」

硬直する私の身体をぎゅっと力を込めて抱きしめる。

もう、逃がさないと言われているようだった。

「それとも、もう呼んではもらえない？」

出会い頭《がしら》に強引に抱きしめられたのとは違い、大切にされているのかもしれないと勘違いしてしまいそうな優しい抱擁。そして悲しんでいるような、拗《す》ねているような言葉に私は少しずつ冷静になっていった。

首筋に顔を埋《うず》める殿下は、私が身じろぐと更に力を込めた。

細身に見える殿下は思っていた以上に力強く、私など容易《たやす》く押さえつける事の出来る男性へと成長していた。ついこの間まで少年だと思っていたのに知らないうちに変わっていたのだ。

「殿下、離してください」

「……嫌だと言ったら？」

くぐもって聞こえる拒絶の声に私は溜め息を漏らした。

「このままじゃお顔が見えません」

「……」

「殿下」

「……」

「お顔が見たいです」

「……」

無言のまま、更にぎゅむっと抱きしめてくる。

いつものように、ぐぇっと声が出そうになったがすんでのところで押し込めた。危ない危ない。

本日二度目はダメでしょう。女を捨てるところだった。

「……レオナルド殿下」

私が名前を言うとビクッと身体が動いた。

「なにを拗《す》ねているのか知りませんが、どうしたのですか？」

「……」

「黙っていてはわかりませんよ」

私は殿下の背中をポンポンと叩くと、少しだけ顔を上げた殿下は明らかに拗《す》ねた顔をしていた。

あまり表情を変えない彼にはとても珍しい事で、目を見開いていると、今度は眉を寄せて恨めしそうにこちらを見た。

「マイセンは名前なのに」

「………はぁ」

なるほど、合点がいった。やはり殿下は拗《す》ねていたらしい。

そういえば以前もそれで責められていた気がする。

「私の事は相変わらず殿下としか呼ばないし」

やっぱり怒ってる？　そう小さい声で呟くように言った言葉は微かに震えていた。

その声にまた少し驚いて凝視すると、視線から逃げるように殿下はまた私の首筋に顔を埋《うず》めた。

うっ、ちょっと、こそばゆい……

(うーん……なんだかおかしい気がするわ)

どこがおかしいかって言われると明確には答えられないけど、敢《あ》えて言うならこの状況？

この状況はやっぱりおかしいわよね。抱きしめられてるし、なんだか捨てられた犬みたいな感じだし……

小説の話だと私が捨てられるのに、まるで殿下が捨てられるのかと怯えているようだ。

なんでだろう。彼のこの様子を見ていると疑問がどんどん浮かんでくる。

でも、どんなに頑張っても私は婚約者になってしまったし、殿下は十五歳になってから、バーゴラへ遊学に行った。市井《しせい》にも行くと手紙に書いてあった。

だから小説通りに物語が進んでいるのかと思っていたけど、実は違う、のか……？

（ん、待てよ。そういえば肝心な事、聞いてないわ）

「あの、殿下、落ち込んでいるところ申し訳ないのですが、質問してもよろしいでしょうか」

「落ち込んでるってわかってるのに質問するの？」

「バーゴラで市井《しせい》に行くとお手紙に書いてありましたが、そこで何かありましたか……？　その、市井《しせい》に行くってどういう理由があったのかなぁと思いまして」

「……しっかり質問するんだぁ」

はぁ、と溜め息をついて顔を再び上げた殿下は呆れてるような諦めているような、なんともいえない顔をしていた。キャサリンには勝てないなぁなんて聞き捨てならない事を言っている。

「それで？　何について知りたいの？」

「えっと、殿下が市井《しせい》に行ったときのお話を……、聞きたいです」

「市井《しせい》ねぇ、関心があるの？」

小首を傾《かし》げ、不思議そうにしている殿下に内心身悶《もだ》えながら（カッコ可愛すぎる）、一旦身体を引き離そうと胸を押した。

すると今度はスッと身を引いてくれ、ホッとする。これ以上の接触はさすがに心臓に悪い。さっきから動悸がやばいのだ……。あまりの速さに死期が近づく気がする。

「興味があるなら、今度連れて行ってあげるよ。バーゴラの市井《しせい》となるとなかなか行けないけど、結婚してからなら公務であちらに行く機会があるだろうし、そのときに。あ、でもそうするとだいぶ先になっちゃうなぁ。まあ、早めに結婚すればいいか」

「あ、いえ、そうではなく、お話だけで結構です」

早めに結婚すればってなんの話ですか。不穏な台詞《せりふ》を吐くのはやめましょう。やめてください。お願いします。

「キャサリンは相変わらずつれないなぁ」

ふふ、と顎《あご》に手を当てて笑う姿が無駄にかっこいい。

むやみやたらに色気とオーラを振りまかないでいただきたい。思わず顔に手を当ててしまう、眩しさのあまり。

「それで、何かありましたか？　私、その話が聞きたくてこちらに来たんですけど」

「そうなの？」

「ええ」

だから早く教えろと言外に伝えると、思案顔だった殿下はそうだなぁと答え始めた。

「仕事の関係で言える事と言えない事があるから一概にこういう事があったよと教えられないけど……。ああそうだ、なかなか面白い人に会ったよ」

――もしかして。

もしかして、それはヒロイン？

(――やっぱり出会ってたの……？)

「っ」

唇が戦慄《わなな》く。警戒するように目の前がチカチカした。

足下が急に不安定になった気がして、ぐらりと揺らぐ床から音もなく黒い靄《もや》が迫《せま》っているような錯覚が……、得体の知れない何かが蛇のような形になり、静かに鎌首をもたげこちらを見ていた。

「キャサリン？」

問いかけにハッと目を見開くと、私は俯《うつむ》いた。

「えっと、その」

聞きたい、それが誰なのか、それがどういう人なのか。でも怖い。

身体がどんどん冷えていく。悴《かじか》む手足はきっと上手く動かない気がする。

（……ああ、聞いてしまったらすべてが変わってしまいそう）

言い澱《よど》む私を、殿下は優しく引き寄せた。

「どうしたの」

抵抗らしい抵抗もせず、腕の中に大人しく収まる私を見て異常を感じ取ったのだろう、震えてる、と言って私の頭に頬を寄せた。包み込むような抱擁だった。

「大丈夫、何も心配いらないよ」

大丈夫、もう一度優しくそう言う殿下は温かく、足下まで迫《せま》っていた黒い靄《もや》も、凍えるような寒さもその一言ですぅと取れる感じがした。

顔を上げるとこちらを柔らかく見下ろす殿下と目が合った。

綺麗な瞳。深く広がる海のような碧《あお》い色に思わず見惚《みと》れていると、少しだけその瞳が近付いた気がした。

ハッとして顔を逸《そ》らそうとしたところで——

「はいはーい！　そこまで～」

陽気な声と共に部屋へ入ってくる人がいた。

それは黒髪の男だった。

その表情はニヤニヤとしており、人をおちょくるのが好きそうな顔をしていた。黒髪は少しウェーブがかかっており、とても柔らかそうだ。背格好は中肉中背だが、よく見るとしっかり引き締まっている。

突然の侵入者に私は咄嗟《とっさ》に前に出た。この男が間者だったら私が殿下を守らなくては。丸腰だが盾ぐらいにはなる。

しかし彼の隣にマイセン様がいるのが見えた。

（よかった、侵入者かと思ったけど違ったみたい）

心底ホッとした私の背後から舌打ちが聞こえた気がした。

ハッとして振り返ると、険《けわ》しい顔をした殿下が黒髪の男を睨《にら》んでいた。

「まだ呼んでいないが」

底冷えのする声に驚いてもう一度顔を見ると、常日頃身につけていたロイヤルスマイルの面影はなく、見た事がない表情をしていた。こっわ。

「だって、このままだと夜になるまで呼ばれないかもと思ってさ」

黒髪の男は怒りの矛先を向けられているにもかかわらず、悪びれた様子もなかった。むしろ、早く紹介してよ~とせっつくような態度だ。

その様子を見ていた殿下は大きな溜め息をつくと、頭を掻《か》きむしりながら俯《うつむ》いてすぐに顔を上げた。

そこには先程のような険《けわ》しさはなく、いつものにこやかな落ち着いた表情があった。

「もう少ししたら呼ぶつもりだったんだよ。私だってなかなか会えない婚約者殿と仲を深めたいんだから」

「それにしてはやり過ぎだと思うぜ。なあマイセン」

「同意です」

「一年もろくに会ってない婚約者から迫られて、彼女も可哀想だ。さぞ怖かったろうに」

「……なんだと」

「あ~あ、その顔だよ、その顔。お前見せた事あるのかよ。鬼か悪魔しかそんな顔しねぇよ」

あーこわいこわいと両手で身体を擦《こす》りながらこちらへ向かってくる黒髪の男は、私を見て笑った。笑うと皮肉げだった表情が少しだけ柔らかくなって、幼い印象になる。

「ね、そう思うだろ?」

気安く話しかけてくる男に私は戸惑った。

素性も知らない男と話してもいいのだろうかと、思わず殿下を見ると彼はまた溜め息をついた。

そして私の腰を掴《つか》んで引き寄せた。

「ダヌア、彼女は婚約者のキャサリン。レイバー伯爵家の御令嬢だ。キャサリン、彼はダヌア・ジールだ」

渋々紹介する殿下に気分を害する様子もなくニコニコしている男は、じっとこちらを見ていた。

「はじめまして、ダヌア様。キャサリン・レイバーです。以後お見知りおきを」

きちんとカーテシーをすると、彼は自分の番だというように私の手を取り、甲にキスをした。

「こんにちは、キャサリン嬢。僕はダヌア・ジール。あなたの話はレオナルドから耳にタコが出来るほど聞いているよ。こうして初めてお目にかかるが初対面って感じがしないし、親しくなりたいから僕の事はダヌアと呼んでくれ」

「おい」

殿下が苛立《いらだ》ったように私をダヌア様から引き離し、背中に隠した。

「随分狭量《きょうりょう》だな」

「うるさい」

「はっ！　面白いぐらい余裕ないな！」

腹を抱えて笑うダヌア様とそれを睨《にら》みつける殿下。その様子を静かに見守っているマイセン様。

この状況は一体なんなんだ。殿下は私の知ってる殿下じゃないし、ダヌア様はそんな殿下をからかって遊んでるし。マイセン様はそんな不敬なダヌア様を止めないし。

（なんだこれ……）

私はマイセン様に促《うなが》されるまま、もう一度ソファに座り直した。頭は混乱しっぱなしである。

「どうぞ、お召し上がりください」

目の前のテーブルに紅茶やお菓子を用意してくれるマイセン様にお礼を言うと、彼は目元を優しく緩めた。

「ほらほらお二人とも、いい加減にしてください。キャサリン様がお困りですよ」

未だ揉めていた二人にマイセン様が待ったをかけた。

二人はこちらを見て、ダヌア様はにやにやと、殿下は気まずそうにしている。

「ごめん、冷静さを欠いた」

「いえ……。お気になさらず」


殿下とダヌア様は言い争いながら席に座る。

(この二人仲が良いのね)

こうやって心を許し合っているのはいい事だ。まだ見ぬ殿下に会えたようで私はなんだか嬉しかった。

「ダヌア様と仲良しなんですね。昔からのお付き合いなのですか?」

「ああ、彼とはそうだな、四、五歳ぐらいからの付き合いかな。ダヌアは昔から変わらないよ」

「まあ！　そんなに長いのですか」

「こいつなんか最初人形かと思うぐらい感情なくて心配したけど、それが今じゃ婚約者殿に骨抜きのドロドロだ。笑っちまう」

ケラケラ笑うダヌア様を小突くと、殿下は私に紅茶を勧めた。

「ダヌアはいつも余計な事を……。あ、そうそう、キャサリンはこの紅茶知ってる？　我が国の西部で採れるブランド茶葉なんだけど」

透き通った紅茶の水面がゆらゆらと灯《あか》りを受けて輝いている。漂《ただよ》う香りにうっとりとしそうだ。

「ええ、もちろん知ってます。周辺各国でも人気が高くて国内でも即日完売が当たり前だとか。それこそ紅茶専門店やそれなりのお店では常に少しでも多く確保しようとしているそうですし、ここで初めて飲ませて頂いたとき、すごく嬉しかったのを覚えています」

この茶葉は人気が高く高級品のため、自分ではなかなか手が届かないのだけど、妃教育の際や王妃様とのお茶会のときに飲ませて頂いている。初めて頂いたときは仰天した。すっごく美味《おい》しくて。

「そうなんだよ、この紅茶はとても人気でね。陸から海からとたくさん出荷されていて、この産地のブランド茶葉が入った荷箱を見る事は多いんじゃないかな。それこそどこの国にあってもおかしくないんだよね」

突然始まった紅茶の話に、私は意図が読めずにいた。

（急にこんな話を始めるって事は何か言いたい事があるのよね。怖いんだけど）

彼がいったい私に何を知らせたいのか、漠然とした不安に駆られる。

すると、横から——新たな紅茶が差し出された。

目の前にまだ湯気が出ているティーカップが置かれているにもかかわらず、マイセン様は二つの紅茶を並べる。

突然の行動に頭の中でクエスチョンマークが飛んだが、これにも意味があるのだろう。けど、それらを見比べても特に差異があるようには見えなかった。

「さあ、飲んでみて」

何が始まるんだろうか。戸惑いつつも促《うなが》されるまま、最初に置かれた紅茶を飲んでみた。

……うん。美味《おい》しい。

王宮で使われているだけあって香りに色合い、味も申し分ない。明らかに我が家では出てこないだろうというぐらいには良質で高級品だ。

視線で次を促《うなが》す殿下におとなしく従い、後から出てきた紅茶を飲んでみる。

二杯あるんだから二杯目が何かおかしいのだろうと踏んで恐る恐る飲んだのだが、一口含んで驚いた。肩透かしを食らった気分だ。二つは同じ味がしたのだ。

「どう？」

「……えっと、私の味覚がおかしくなければ同じ茶葉だと思います。この地域の茶葉は渋みが少ないのに色と香りが濃く出るのが特徴だったと記憶していますから」

多分、と内心で付け足して言うと殿下はとてもいい笑顔になった。

「正解」

「へえ、すごいな」

「さすがキャサリン様ですね。日々とても真面目に学ばれていると伺《うかが》っておりましたが、ロイド講師が絶賛するだけあります」

「な、なんですか、三人ともそんないい笑顔でこちらを見ないでください。褒めても何も出ないですからね！　あとシーア先生が褒めてたとは初めて聞いたのでその辺詳しく教えてください。日々の糧《かて》にするので！」

素敵すぎる笑顔にやられて赤面してしまう。動揺のあまり早口になっちゃうし。目の前の三人の顔面偏差値が高すぎる。どうなってるんだこの世の中は。

私の言葉が面白かったらしく殿下はくつくつと笑って、今度シーア先生からの報告書を見せると約束してくれた。当たり前だけど、自分の進捗《しんちょく》状況が報告されているのは少し恥ずかしい。

「さて、この二つは間違いなく我が国自慢の茶葉だ。何が問題なのかというと、入手先だ」

「入手先？」

殿下は私に立ち上がるように促《うなが》し、手を引いて執務スペースへと招いた。

この執務室には殿下のための大きな作業机と側近や文官が座る席がいくつかある。それぞれ沢山の資料や書類が置かれているが、その中央に一際《ひときわ》大きなテーブルが置かれていた。

その机上には世界地図が広げられており、周辺にはいくつものメモや意図の読めない目印がある。

「さて、この地図を見てもらおうか。今私が指しているのが原産地。そしてひとつ目の入手先は王都にある茶葉専門店だ。そしてもうひとつがここ。バーゴラにある雑貨屋だ。そこの茶葉に違和感を覚えて調べていくうちに見つけたのがここ」

殿下が指を置いた先は、バーゴラの北部にある鉱山が有名な街から更に北へ行ったところだった。

「……ここは」

「トルーク。バーゴラ北部、山脈に囲まれ、鉱山に恵まれた街ザンドから更に北に行った山の中にある村だ。鉱山を掘り起こすために集めた人が住む場所と言った方がいいだろうね」

そこは首都ラムザから遠く、山脈の真っ只中《ただなか》だった。決して村がありそうにない場所だ。何より村の名前すら書かれていなかった。

「こんな場所に村が？　地図には村らしき表記はありませんけど……」

それに今までそんな村があると聞いた事がない。

こんな山の中にあったら記憶に残っていそうなものなのに。

「――隠されていました」

傍にいたマイセン様が村の場所に赤いピンを刺した。そしてそこから南西に少し進んだ場所に青いピンを刺す。

「この場所、ここからしかトルークには入れません。入り口は巧妙に隠されており、精錬所で働く従業員もしくは関係者しか入れないようになっているみたいです。入り口には見張りがいて容易には入れない」

「山間という事もあって、そんな場所に村があるなんて誰も思わないだろう。……私も実際に見るまでは信じなかったからね」

「ザンドは鉱山が有名ですから話は聞きますけど、トルークなんて村は聞いた事がありません。それに我が国ともヴァンドジールともこんな近い場所にあるなんて……」

ザンドから北は険《けわ》しい山々があり山を抜けた先は国境になっている。

バーゴラの北に面しているのはヴァンドジール王国だ。

寒冷地であるヴァンドジールは穀物が育ちにくく、食料面では輸入に頼っている部分が多いことから、オータニアとは取引の多い国である。

トルークがあるのはオータニアとバーゴラ、ヴァンドジールが並んでいるど真ん中だ。オータニアはバーゴラの北西部と国土が接しているため、地図上だとまるでトルークがこの三ヶ国の緩衝地帯であるかのように見える。

「しかしこんな場所だとヴァンドジールも我が国オータニアも把握しにくいでしょうね。ある意味、とても危険な場所だわ」

国境付近はもちろん関所があり、そこで身分証明書を提示して他国へ入国する。出国するときもきちんと申請してからではないと行き来は出来ないようになっているはずだ。

そんな両国の国境に近い山のど真ん中、しかも人が到底住めそうにない場所に村があるとなると色々と問題になるだろう。

「……でも、それと茶葉に何の関係が？　ヴァンドジールやオータニアはこの村の存在を知っているのですか？」

ティーカップを見た私の顔を殿下はニコニコして見ていた。

嫌な予感がした。

顔を顰《しか》めると殿下はより一層可笑しそうに笑った。

「さすがキャサリンだ。理解が早くて助かるよ」

頭を撫《な》でようと手を持ち上げた殿下から逃げるように一歩下がると、視界の端でダヌア様が吹き出したのが見えた。実に失礼な。そして殿下、残念そうな顔をやめてください。私が意地悪してるみたいでしょう。

「キミも危惧《きぐ》しているように、我々もヴァンドジールもトルークの存在を知らなかったんだ」

「っ！」

知らないのであれば、トルークを拠点として、バーゴラはオータニアとヴァンドジールをいつでも自由に攻められる。

本来、国境近くの町や村や集落は、お互いの国で監視あるいは管理する事が常で、把握されていないような場所があるのは脅威だ。いつ何時《なんどき》、そこを拠点に戦争が始まってもおかしくない。

「オータニアとバーゴラが友好関係にあるのはもちろん、ヴァンドジールとバーゴラは友好国として百五十年前から平和条約を結んでいる。戦争を始めるほどの確執《かくしつ》があるわけじゃない。ヴァンドジールはバーゴラから豊かな食料物資を輸入しているし、ヴァンドジールからは工芸品や酒など、様々な物を輸出している。ＷＩＮ－ＷＩＮな関係だった」

「……だった？」

ダヌア様の話に私が反応すると、殿下がすかさず書類を出してきた。

「しかしここ最近になってバーゴラが不可解な動きをしているんだ。この書類を見て欲しい。これはバーゴラが周辺国から極秘に密輸している物のリストだ」

リストには様々な物が書かれていた。その中でとりわけ目立つもの、それが――

「硝石《しょうせき》……？」

硝石《しょうせき》とは硝酸カリウムの通称で、染料や肥料、それに食中毒の原因となる菌の繁殖を抑制する作用があるために加工食品にも使われる事がある。

そんなものをわざわざ密輸しているなんて。

(どういう事？　普通ならこんなに大量に輸入する必要なんてないわ。それに硝酸カリウムって言ったら火薬の原料よ。まさか、そんな)

「……バーゴラは戦争をしたがっている、という事ですか」

「ああ。確実に攻め入れる場所に拠点を作っているあたり、冗談じゃないな。オータニアとヴァンドジールを攻める準備をしているのは間違いないだろう」

「そんな……」

もしバーゴラが戦争を仕掛けるとして、先に攻め入るとしたらオータニアだろう。

ヴァンドジールは軍事力で国土を広げていった軍事国家だ。攻め落とすなら相当な準備が必要になる。一方、オータニアは一国としての軍事力はそれほど高くない。同盟国は多いが他国の援軍が来る前に短期間で攻め落とせるなら……

(しかしなぜ急に……？)

考えていた事が表情に出ていたのか、殿下が口を開いた。

「ここ最近、バーゴラの正妃が代わった事は知っているね？」

「はい。正妃様がご病気で亡くなられてから新たに迎えたのですよね。確か遠い国の方とか」

「どうやらそいつのおかげでバーゴラ王がやる気になったみたいなんだ」

ダヌア様の話によると、遠国の姫を娶《めと》った国王がその姫に惚れ込んでなんでも与えているらしい。元々バーゴラ王は怠《なま》け者として有名で、実権は息子である王太子が握っていた。先代の素晴らしい才能を王太子は引き継いでおり、王に譲位を促《うなが》す意見も多いそうだ。

しかし最近になって国王が実権を主張し始めたらしい。そのせいで国内が混乱し、派閥争いが激化。

「多分バーゴラ王が姫にいい格好して見せたいのか、姫が国を求めたか。とにかくそんな下らない理由で巻き込まれるとはな。こっちの身にもなってもらいたいね」

ダヌア様はうんざりするように溜め息を吐いた。

「それにレオナルドも大変だったよな」

「大変？」

「キャサリンは私が連絡出来なかった時期の事を覚えてる？」

「……もちろん、覚えていますわ」

忘れられるはずがない、蝕《むしば》まれるように過ごしたあの日々を。

「実はあのとき、監視されていたんだ」

（——え）

「私宛の手紙や荷物に開けられた痕跡があったり、出掛けるたびに尾行されていた。王宮内でも常に視線を感じていたから、私が薄々気がついているとわかったんだろうね」

殿下は留学中、トルークに関する噂を聞き独自に調査をしていたらしい。万が一の事があったら遅いと考え、出来る限りの情報をかき集めた。

結果として噂は本当だった。しかもトルークに武器を集めている事も判明し、本格的に動こうとした。

だが十分な証拠が集まらず、情報だけでは訴える事は不可能。些細《ささい》な言動が国際問題に発展する可能性を考え、監視から逃れる事なくバーゴラに留まり、敢《あ》えて行動を制限した。

(ヒロインと逢瀬を繰り返していたと思っていたのに、実は監視されてたなんて。私が思い悩んでた時間はなんだったの……)

一年という長い月日を身を切る思いで生きてきた。強引な婚約もあのときの言葉も、殿下の本心ではないのかもしれないって、何度も何度も繰り返し考えてきた。

(でも小説とは違う)

少しだけ光が見えた気がした。私が幸せになれるかもしれないという光が。

「彼女なら協力者として問題ないな。聡明だし対応力もある」

「だから参加させるんだよ。私の可愛い可愛い自慢の婚約者だしね」

「……褒め方がエグいなお前」

(ん？　参加、協力……？)

「なんの話でしょうか？」

意味がわからなくてみんなを見ると、殿下は相変わらずの笑顔のままで、マイセン様は新しいお茶菓子を準備していて、ダヌア様は……唖然《あぜん》としていた。

口をぽかんと開けていて、私が言えた事じゃないが色々と台無しである。

その状態でしばらくフリーズしていたダヌア様だが、立ち直りからの切り替えが早かった。

「……って、え？　なにお前、なんの説明もせずにこの話してたのか？　う、嘘だろ、国家機密だぞ！」

「それは後で話そうと思っててね」

「後じゃねえ！　こんなデリケートな、国同士の話だぞ！　世間話の延長じゃない。これから内乱か小競り合いがあるかもしれないのに確認も取らずに、……万が一の事があったらどうするんだ。これで婚約破棄なんてなってみろ。婚約者殿は監獄行きだぞ！」

「か、かんごく……!?」

ダヌア様がすごい剣幕で私の心配をしてくれている。ちょっと待ってよ、婚約破棄したら監獄……？

「トルークの話は秘匿《ひとく》とし、王族ないしそれに準ずるもの、任務に携《たずさ》わる者以外には秘匿《ひとく》とする事。それなのに――」

「だからだよ」

ダヌア様の言葉を遮《さえぎ》った殿下の顔は、背筋に悪寒が走るほど綺麗に笑っていた。

「これでキャサリンは逃げられない」

その台詞《せりふ》ですべてを察した私は見事に毛足の長い絨毯《じゅうたん》に足を取られ、後頭部を強打した。

（……油断してたわ。いろんな意味で）

ふらつく頭で思い出したのは、この男はとんだ策略家だったという事だった。

あれから結局、知らぬ間に最重要機密について知ってしまった私は誓約書にサインをする事になり、正式な協力者となる羽目に陥《おちい》った。

これでキャサリンといつもいっしょだ、とか言って浮かれている殿下を白い目で眺めていると、ダヌア様が同情の眼差しでこちらを見ていた。

おそらく笑い上戸であるダヌア様が、私が〝後頭部を強打する〟という淑女にあるまじき姿を披露したにもかかわらずちっとも笑わなかったことに、彼の心情が表れている。

いくらでも力になるから……と気の毒そうに言うダヌア様は多分気づいていない。その同情の眼差しこそが、私の心に一番突き刺さっているという事を。

ちなみにそのダヌア様はヴァンドジールの第三王子だった。

あまりにもあっさりと挨拶され、度肝を抜かれた。不敬があったのではと焦ったが、身分に関係なく接して欲しいと言われ、正直ほっとした。

え？『じゃあ、殿下は？』だって？

いや、あの人は同じ土俵にいない人間だと思っているので、やはりこれからも一歩引いた状態をキープするつもりである。というか、こちらが一歩引いても二歩ぐらい近づいてくるので無意味な気はするが。

しかし私は、あわよくばヒロインの話が少し聞ければいいなくらいの気持ちでここに来たのに。こんな目に遭ってしまうとは……

がっかりしながら帰宅しようとした私に殿下が話しかけた。

「そういえば面白い人物に会ったって話したよね」

「え？」

話を戻してもらえると思っていなかったので驚いて振り向くと、殿下はにこっと笑った。

「あれはダヌアの事なんだよ。久しぶりに会ったし、場所が場所だけに驚いてね」

「まあ……、そうでしたの」

その言葉を聞いた瞬間に今までの勢いが失われ、急激に萎《しお》れていくのを感じた。なんだ、ダヌア様かよ。

まあ市井《しせい》に他国の王子がいれば驚くのは当たり前かもしれないが。

「あとは、娘かな」

「娘？」

「興味深いご令嬢がいたんだよ」

その一言に私は目を見開いた。

あの殿下が〝興味深い〟と言った。何事にも関心の薄い殿下が。興味があるだけじゃなく〝興味深い〟と。

「その娘はバーゴラの貴族でね。貴族のご令嬢なのにどうやら市井《しせい》で働いているみたいなんだ。変わっているだろう？」

彼女を思い出しているのだろうか、窓から外を眺めている殿下は微笑んでいた。

「実に、……興味深い」


殿下に騙《だま》されてから早一ヶ月が経った。

私は妃教育に加えて、極秘に設立されたトルークの作戦チームに所属する事になってしまった。

……あれ、おかしいな。ただの婚約者だったはずなんだけどな？

とはいえ、トルークに関してはまだ不明な点が多く、ひとまずはオータニアとヴァンドジールの間での情報共有と収集に重きを置く事になったようだ。

情報収集に関しては王家が従えている特殊部隊があり、そこでやってくれるらしい。裏稼業的な事をする部隊で、私はこの作戦に加わってから初めてその存在を知った。

ダヌア様に聞いたら何処《どこ》の国にもあると言われたので、そういうものかもしれない。

まあ、綺麗事だけでは国を治める事は出来ないだろうから、あっても不思議ではない。むしろその存在を知ってしまった事の方が、どんどん逃げ道をなくされているようで恐ろしく感じるのだが。

私は作戦に協力する事にはなったけど、基本は今までと変わらずに生活すればいいと言われている。ただひとつ変わった点として、妃教育のために王宮へ上がる際には、必ず殿下の執務室へ伺《うかが》うという行動が追加されただけで。

つまりほぼ毎日、私は殿下と会っているのだ。一年間の空白の後の急な接触の多さに戸惑うばかり。だって婚約する前もしてからも、こんなに会う事なんてなかったのだ。

ただその戸惑いも毎日となると自然に慣れてくる。あの王子に慣れるというのは多少無理のある話だが、環境に慣れてきたのは間違いない。実に恐ろしい話である。

「――キャサリンってば聞いてますの？」

「……へっ？」

急に聞こえた声に顔を上げると、赤毛の美人が心配そうにこちらを見ていた。彼女は拗《す》ねているのか怒っているのか、口を尖らせている。

どうも私はぼーっとしていたらしい。状況を思い出して謝罪した。

「ごめんなさいロゼッタ」

「もう……」

ロゼッタは更に口を尖《とが》らせる。すると隣から控えめに笑う声が聞こえた。

「ふふ、まあいいじゃない。最近忙しいようだからきっと疲れているのよ。あまり無理をしてはダメよ。キャサリンはすぐ無茶するから心配ですのよ」

流れるようなブルージュカラーの髪を揺らしながら私の髪を触る美人がそう言い、ふわふわの髪をしたご令嬢が私の手を握った。

「王太子殿下が帰国してからというもの、毎日王宮へ行っているようですし、お相手するのが大変なんでしょう？　是非そこのところ詳しく教えていただけると私の日々の糧《かて》になるのですけど」

「え、いや、それはちょっと」

「ちょっとシーリー、あまりグイグイ聞くものではなくてよ。それはキャサリンが自らわたくしたちに相談をして初めて聞けるのよ」

「そうよ、キャサリンが話してくれない事にはどうしようもないのよ。今しばらくは我慢しましょう」

無遠慮に現状を聞こうとしたシーリーを制止してくれたセレーネ様とロゼッタだったが、本当に止めるつもりなのか、正直怪しい。この言葉はどちらかというと『早く話せ』という圧力ではないだろうか。高位貴族こわい。

——そう、今日は恒例のお茶会——という名の女子会である。

前回はロゼッタ主催だったためハーベルト侯爵邸に呼ばれたが、今回の主催者はセレーネ様だ。よって本日はアビントン公爵邸にお邪魔している。

アビントン家は代々続く由緒正しい公爵家で、現当主は宰相閣下である。つまり父の上司にあたる。その宰相閣下はとても頭が切れる人らしく、父はよく「彼は人間離れしている」と褒めているのか貶《けな》しているのかわからない事を言っていた。表情から読み解くにおそらく褒めているのだろう。目がキラキラしていたから……

「殿下とは、ほぼ毎日お会いしているのでしょう？　微笑ましいほど仲が良いと話を聞きましたわ。はじめはどうなる事かと思いましたけど、ほっとしましたわ」

セレーネ様がおっとりと微笑んでいる。相変わらず月の女神のようでお美しい……

「先日の式典でのお二人のダンス、会場の皆さんも見惚《みと》れていたもの。久しぶりに会ったとは思えない雰囲気でしたわ」

「そんな、ロゼッタだって私の話を聞いていたでしょう？　本当に一年ぶりだったのよ」

「でも、そんなよそよそしさなんて全然なかったわ」

拗《す》ねた口調で反論するもニコニコ顔で返される。彼女の中で、私と殿下は仲良し認定されたようだ。

「それにしても、今日は殿下に会いに行かなくて大丈夫なんですか？」

「大丈夫よ。今日はもともとお茶会の予定だったもの。こちらが最優先に決まっているじゃない。

それに今日はレッスンもお休みだから」

「そうなんですけど、そうじゃなくて……」

「うん？」

煮え切らない態度のシーリーに疑問を感じていると、横からロゼッタが戸惑い気味に話し出した。

「だって殿下って束縛なさるんでしょう？」

「……はい？」

耳に届いた言葉が正しく理解出来ない。彼女は今なんと言ったのか。

ちらりと窺《うかが》うとロゼッタはなんとも言えない表情をしていた。同じくシーリーとセレーネ様の顔

を見るとみんな同じ表情をしている。なんで？

狼狽《うろた》えていると、ロゼッタは更に追撃を掛けてきた。

「先日の式典の時、キャサリンは何人に話しかけられましたの？」

「……確か、四人ぐらいだったと思うわ。といっても知り合いばかりだったけれど」

そういうと三人は「やっぱり」という顔をしてにやにやしていた。

「あれからすごく噂になっているんですよ～。キャサリンに話しかけたくても殿下が怖くて近寄れないって」

「普通に考えて、王太子殿下の婚約者と仲良くしたいって思う方はとても多いと思うわ。それなのに会話したのが四人だけで、しかも全員が知人だなんておかしいと思わなかったの？」

「あのとき、ずっと殿下が一緒にいたのでしょう？　一国の王太子がまるで番犬のようでしたわ。余裕のない男ほどみっともないものはないわね」

おっとりと昏《くら》い笑みを浮かべながら辛辣《しんらつ》な事を言うセレーネ様は静かに紅茶を飲み始めた。

……セレーネ様の笑っているのに笑ってない顔、怖すぎる。

「父曰《いわ》く、殿下が声をかけてくる人間を捌《さば》いていたそうよ。キャサリンに声をかける前に殿下がその相手に話しかけて早い段階で切り上げる。それの繰り返し。男なんか即刻排除だそうよ」

セレーネ様の父上、宰相閣下はそれをひな壇の上から陛下たちと見ていたという。あまりの手腕に少し引いたそうだ。そんなところで手腕を発揮するなよ殿下。

「キャサリンも、もっと色々な方とお喋りを楽しまなきゃいけないのに。そんな風じゃ今後が大変よ？」

「だ、だって」

あのときは一年ぶりに会う殿下に緊張しっぱなしで、周りに気を遣う事が出来なかったのだ。

「これからは嫌だなぁって思う方々とも付き合っていかなきゃいけなくなるんですよ〜。そのためには経験が一番です」

「そうそう。紳士ばかりならいいのだけど、中には変な目で見てくる殿方もいるわよ。気をつけないと」

「最近バーゴラの伯爵家と付き合いがあるけれど、ちょっと薄気味悪いというか変な方なのよ。紳士ばかりがお相手とも限らないんだから鍛えなきゃね」

「あ〜、いますよね、そういう危険な人。私も密輸禁止の物とか平気で掲《かか》げる人は嫌だなぁ」

シーリーの言葉にロゼッタは呆れた声をあげた。

「犯罪に手を染めているような人とは絶対に関わっちゃダメよ。キャサリンもね」

「そうそうキャサリンも気をつけながら、頑張って覚えていきましょうね」

「えー……」

輝かしい笑みのセレーネ様から逃げるようにシーリーの裾《すそ》を掴《つか》むと、彼女はニコッと太陽のような可愛い笑顔を見せた、と同時に毒を吐いた。

「お飾りの妃になりたくないなら頑張りましょうね」

「ぐっ」

ここには神も仏もないのか……

さらさらと灰になりかけた私の頭をよしよしと撫《な》でてくれるセレーネ様と、目の前に広がる茶菓子に舌鼓《したつづみ》を打つシーリー。このままではダメだと、今度はどの貴族とのパイプが必要か勉強するわよと使命感に燃えているロゼッタ。

（――ああ、ここは落ち着くわ）

心を荒立てる波も、彼女たちの華やかな声で聞こえなくなる。何も考えなくて済む。彼女たちとの楽しい会話も、美味《おい》しい紅茶や菓子類もすべて、今の私には必要なものなのだ。

（一人になってはダメ）

また波が迫《せま》ってくる。静かに、静かに、確かな音を立てながら足下までやってくるのだ。

あの日、あのとき、彼の話した彼女がヒロインだとして。

確実に物語が進んでいる様《さま》を見せつけられて、私はどう思ったのだろう。あの後どんな会話をしたのか、どのように家に帰ったのか覚えていない。気がついたら寝台で寝ていた。外は真っ暗でそれが深夜だとぼんやりとした頭で理解した記憶がある。

（殿下は笑っていた……）

彼が笑顔を見せるのは珍しい事ではない。常に装着している標準装備のようなものだ。威厳を放《はな》つ陛下はあまり笑顔を見せないが、王妃様や殿下にとって笑顔は一種の防具であり武器であった。

だけど――


それからすぐにお茶会はお開きになった。

セレーネ様のもとに急なお客様が訪ねてきたからだ。その知らせを聞いてセレーネ様は珍しく嫌悪感を露《あら》わにした。これは相当な客人が来たのだな、と思わせるには十分だった。

それからのセレーネ様の行動は早かった。すぐに侍従に命令をして客人の対応に当たると、私たちに申し訳ない表情で「今度お詫びをさせてね」と言った。

そして私たちをひっそりと帰した。

その客人はとても気難しく厄介だそうで、私たちが見つかると面倒なのだとか。

どんな相手なんだろうと思ったが、ロゼッタもシーリーも黙って頷いたので、なんとなくわかっているのだろう。貴族には時として付き合わざるを得ない付き合いたくない付き合いがあるのだ。

実に面倒である。

「……私はどうしたいんだろう」

自室の寝台に転がりながら、私は一人ポツリと呟いた。

ドレスを着たまま寝台に上がっているから、アマンダが見たら眉を顰《ひそ》めて小言を言い出すに違いない。でも今、彼女はいない。

寝台の中でごろごろとしていると、ノックが聞こえた。

アマンダだろうか。ふとそう思ったが、彼女は今、休憩と称して街へ買い出しに向かっている。

私が急に帰って来たのが予定外なだけで屋敷の中は毎日のルーティンで動いている。

「どうぞ」

声を掛けると開いた扉から男が入ってきた。

「――セドリック」

軽く礼をした男、セドリックはにやりと笑みを浮かべた。

「やあ、お嬢さん。お邪魔しますよ」

このセドリックという男は我がレイバー家に仕《つか》えている料理番だ。

――そして私の情報屋でもある。

実は私は今現在、私営馬車を運営している。それはレイバー領を巡回する、言うなればバスのようなものだ。

これを提案したとき、領主である父は『キャサリンのお小遣いで始めるならいいよ』と言った。

そのため最初は本当に最低限――馬車二台から始まった。

考えが当たったのか、順調に利用客が増え、今では領地をほぼ定期馬車で周れるようになったのだ。私すごい！　私天才！

これは殿下が遊学していた一年の間にやってきた事だ。

塞ぎ込むのも癪《しゃく》で、忙しければ考えなくて済むだろうという打算から生まれた物だったが、上手くいって良かった。

この事は父しか知らず、家族もまさか私が運営しているとは気づいていないようだ。

こうして私は個人資産を少しずつ増やし、十四歳にしてはわりとお金持ちである。

「ほい、これが今回の報告書」

ニッと笑いながらセドリックは鞄《かばん》から数枚の用紙を出して私に渡した。

セドリックは私の私営馬車のために様々な情報を集めてくれている。それは例えば安全な道を選ぶのに必要な盗賊の出現情報や、利用客の状況報告など、多岐《たき》にわたる。

彼は私が個人で雇っている情報屋で、その正体を誰も知らない。みんなただの料理番だと思っている。私のような貴族の令嬢の情報収集なんて限度があるから、彼のような存在が必要なのだ。

「渡したい物は渡せたし、俺はそろそろ行く事にするよ」

「今日はもう料理番の仕事も終わり？」

扉に向かって歩き出したセドリックにそう投げかけると、彼は子供のような笑顔を見せた。

「今日はお嬢さんに会いに来ただけだから」

わざわざ休みの日に来なくてもよかったのに、そう思ったのが表情に出ていたのか、今度はくつくつ笑いながら「気にするな」と私の頭をポンポンと優しく叩いた。

「アマンダがいないときじゃないと来れないからな。別にかまわないさ」

私の私営馬車の存在はアマンダにも教えていないため、セドリックとはなるべく接触させないようにしている。アマンダが何か言うとは思えないが、念のためだ。

それじゃあ、とあっさり出て行ったセドリックを見送り、私は急いで書類を机の隠し収納へと仕舞った。後々これは暗記して燃やす。証拠は残してはいけないのだ。

この件は殿下にはバレたくない。それこそ普通のご令嬢が働いているなどおかしな話なのだ。

――私はヒロインのような特別な人間じゃない。

殿下の興味を集める彼女とは違う。私は、悪役令嬢だから。

だから。

「少しでも目立たないように」

自分を戒《いまし》めるように呟いた。

＊＊＊

時間が過ぎるのは忙しければ忙しいほど早く感じるもの。殿下の帰国から二年が経ち、彼は十八歳、私は十六歳になった。

鏡の前で慣れない服装に身を包む私を、仕立て屋とアマンダが最終チェックをしている。

その服を私はよく知っている。表紙と挿絵で何度も見たからだ。まさか自分が着るとは思わなかったなぁ……

――明日は王立学園の入学式。

小説でヒロインと王子が再会する日だ。

「明日は王太子殿下が迎えに来るそうですよ」

仕立て屋は納得する仕上がりになったのだろう、一礼をして退室していき、それを見届けたアマンダが話しかけてきた。

「ご本人からもう聞いたわ……。確かに入学式で挨拶をする事になっているけれど、わざわざ一緒に行かなくてもいいわよね」

明日の入学式で、私は新入生代表挨拶をする事になっている。

学年首位で入学試験に受かったとか、そういう訳ではない。断じて違う。むしろそうならないようにかなーり力は抜いたのだ。私は今でも〝普通〟な令嬢なのだから。

「どうして頭の良い人って体調を崩しやすいの？　確かに十位台ではあったけど、私より選ばれるべき人間は大勢いるはずよ」

「まあ、学園としては王族に近しい婚約者を壇上にあげた方が盛り上がると考えたのでしょう。もう諦めてください、往生際が悪いですよお嬢さま」

「首位を取らずにそこそこの成績を確保するなんていう、全問正解より気疲れする苦労したんだから、往生際も悪くなって当然でしょう！」

この日が来なければと何度も思った。それこそ死に近づいているようなものだから。だが遂に明日、私はヒロインに会うのだ。

(怖くないと言えば嘘になる)

あれから幾度か、さり気なくヒロインの話を振ってみた事があった。

『――そういえば、以前市井《しせい》であった彼女とは連絡を取っているのですか？』

『彼女？　ああバーゴラの令嬢の事かな。連絡なんて必要のない事はしないよ』

『――例のご令嬢は近頃どうなのですか？』

『さあ、どうだろうね。気になるなら誰かに聞いてみようか？』

と、あまりにもあっさりと言われ、これ以上追及するのも怪しまれると引いた事があった。あの人の事だから私に気付かれないように連絡を取る事は簡単だろうが、小説では再会するまでの間に連絡を取っている描写はなかったから本当にないいんだろう。

明日、私が新入生代表挨拶をした後、在校生代表として彼が壇上に上がり挨拶をする。その最中にヒロインは貧血で倒れ、殿下が抱えて保健室へ連れて行くというのが初めての接触だ。

そして殿下が卒業するまでの残りの一年間、たったそれだけの期間で二人の仲は急速に進んで行くのだ。

婚約していた私を投げ棄《す》てて。

(味方はきっといない)

婚約者を奪われた私に誰もが同情した。だがそれと同時に離れていった。周りが必要とするのは王太子妃なのだから。

「大丈夫ですよ」

アマンダが私の手を握ってそう言った。

どうやら知らず知らずのうちに手が震えていたようだ。

「ちょっとぐらい失敗したって王太子殿下に任せておけばなんとかなります。お嬢さまは堂々とスピーチをすればいいんです」

ね、と微笑んだアマンダに思わず笑みがこぼれた。

違うのよアマンダ。私が心配しているのはそうじゃないの。

そう心のうちで思いながら、私は明日に立ち向かう覚悟を決めた。


王立学園、それは王都の中心にある。

貴族から平民、そして他国の者が在籍し、学ぶ場である。

日常生活に必要なマナーや教育、専門職に就《つ》くための専門学科。学びたいと思わせる設備や環境が約束されているその場所に、私は今立っている。

「すごく、大きいんですのね……」

「まあ王立を名乗るだけはあるかな」

今朝《けさ》早くレイバー邸にやって来た殿下は私の制服姿に感動したのか、朝から絶好調だった。もう出るわ出るわ大量の賞賛の言葉が。滝のように降り注ぐものだから、馬車に乗っている間は考え事をする余地も与えられず、気がつけば学園に到着していた。

入学式を迎える前からドッと疲れた感が否《いな》めないのは何故だろう……

「今日から学生になる気分はどう?」

学園の門を前にこちらを見る殿下は柔らかな風に髪を靡《なび》かせながら微笑んでいる。

十八歳になった彼はすっかり少年から青年に、着実に大人へと成長していた。

王族は成人するのが早いからか、随分と昔から大人のように感じていた。けれどこうして制服を身につけている姿を見ると、私たちとそう変わらない年齢なのだと教えてくれているようで、何故だかホッとする。

「とても緊張します。だって何が起こるか想像もつかないんですもの」

そして十六歳になった私も少しぐらいは成長した、と思っている。

見た目はまあ相変わらず平凡で、胸だってバーンとなる予定だったけど結果は普通だった。けど

別にいいんだ。胸は大きさじゃないから。……私は美乳だから。

身長だって伸びた。殿下は百八十センチ超えの大木だが、私は多く見積もって百六十二センチ。今世の平均値のスレスレである。父も母も身長はあったので私もその予定だったが、きっと成長期にろくに寝なかったのが原因だろう。

「そういえば殿下は――」

「レオナルド」

彼は私の唇に指を押し当ててニコリとしている。先程までの爽やかな笑顔ではないやつだ。

「約束、したでしょう? そろそろ慣れてくれないと。じゃないとこの場所でキスするから」

「ひぃ、ごめんなさい! 呼びます、呼びますから! レオナルド様ってちゃんと言いますから!」

慌てふためく私の頭を優しく撫《な》でている悪魔は、実にいい笑顔だった。

「うん。わかってるならいいよ。愛しのキャサリン」

――トルークの事件から頻繁《ひんぱん》に会う機会が増えた私たちは、それこそ会えなかった一年の時を取り戻すかのようにお互いの話をたくさんした。

好きなもの、嫌いなもの、趣味嗜好《しこう》。それこそ壁をなくそうと殿下……いやレオナルド様が言い出して、疑問や質問があるならすぐに聞く事、婚約者としてきちんと名前を呼ぶ事を要求された。

それを嫌がった私に、彼はチェス勝負をして勝ったら呼ばなくてもいいと持ち掛けた。チェスが大の得意だった私は正直勝負あったなと軽く侮《あなど》っていたら勝敗は……

三戦中三戦とも惨敗。

一戦目に負けたとき、何かの冗談だと思った私は二戦目を要求した。すると快《こころよ》く了承してくれたので本気で挑んだ。けれども惨敗。

三戦目はほとんど悪足掻《あが》きに近い戦いだった。

負けた私に誓約書を書かせるレオナルド様はすごいと思う。口約束だとキャサリンが忘れてしまいそうだから、とはよく言ったものだ。完全に私の逃げ道を塞ぐやり方である。

「えっと、レオナルド様は寮生活ではないのですね」

「うん。キャサリンだって違うでしょう。ここの寮は基本的に遠方から来た学生がメインだからね。私たちも入寮出来ない事もないけど、個人的にはキャサリンは家から通って欲しいな。一緒に登校するのも楽しそうだから」

……なぜ一緒に通学するつもりなのか教えていただきたい。

レオナルド様の発言にげんなりしながら私は学園の門を通った。

「──これを以《もっ》て挨拶とさせて頂きます。新入生代表、キャサリン・レイバー」

言い終わると同時に拍手が送られて、私は深く一礼をした。

全校生徒が余裕を持って並ぶ事の出来る広いホールで私は壇上に立ち、注目を浴びていた。制服を着慣れていない新入生は真剣に話を聞き、在学生たちはそれを好意的に見ている。

壇上には私の他に、次に演説するであろうレオナルド様がいた。

「続きまして、在学生代表レオナルド・オータニア殿下より御言葉を賜《たまわ》ります」

脇に立つ教師から紹介されたレオナルド様は悠然とした歩みで壇上の中央に立った。

「新入生の皆、入学おめでとう。ここに立っているという事は皆が努力をした結果であり、またその努力をより大きな成果に変えるチャンスを与えられたという事だ。我々在学生も新入生同様、学ぶ者である。年齢の差はあれど学ぶ姿勢を崩す必要はない。ここは学ぶ場だ。新入生も知識を貪欲に身につけていって欲しい」

レオナルド様がそう語りかけているとき、最前列にいた女子生徒が力なく崩れ、倒れた。

周りが騒然とする中、壇上にいた私は茫然《ぼうぜん》とそれを眺めていた。

(――ついに始まってしまった)

崩れ落ちた生徒は気を失っているのか、顔色は青白く、貧血で倒れたのだと誰もがわかる様子だった。

周囲にいた教師たちが校医を呼びに走り、生徒は彼女に呼びかける。

その様子を私は静かに見ていた。

気を失った女子生徒は意識がないにもかかわらず、その美貌が失われる事はなかった。青白い肌ではあるが目鼻立ちは美しく、瞳を開いた姿はきっと可憐なのだろう。横たわる身体は小柄で、その顔立ちによく合うバランスの取れたものだった。

そう、今倒れている彼女こそ、この物語の主人公マリアンネ・ブラウン、その人であった。

緩く癖のついた茶髪に、桃色に色付いた小さな唇。開いてはいないが瞳は薄めのヘーゼルカラー。

そのどれもが周囲を惹きつけてやまない一級品のように私には見えた。

（何もかも私とは違う。やっぱり特別なんだわ）

気持ちから目を背《そむ》けるように目線を下げると、すぐ横を人が通り過ぎて行った。

その微かに感じた香りに覚えがあった。もう幾度も抱きしめられ、その体温を覚えてしまった相手だ。

「私が運ぼう」

壇上から降りたレオナルド様は周囲の視線を物ともせず彼女、マリアンネを静かに持ち上げた。

その光景は何度も読みかえしたシーンだった。気を失っているマリアンネを大切そうに抱えるレオナルド様に誰もがうっとりするのだ。

颯爽《さっそう》と歩いて行く姿を目で追いながら、私はどんどん身体が冷たくなって行くのを感じた。

（――ああ、やはりこの時が来てしまった）

微かに震える手を握ってくれる人は、もうここにはいなかった。


「ねえ、今日もご一緒じゃないの？」

「そうですけど？」

「まったく迷惑な話ですわね。目が潰れてるのかしら」

「わたくし先日見ましたよ、噂のお二人を」

王立学園の中にあるカフェテリア。その場所で私はロゼッタとシーリー、そして卒業生であるセレーネ様とお茶をしている。

セレーネ様はもう卒業された身ではあるものの、度々《たびたび》個人的な関心がある分野について学園の講師に質問に来ているとのことで、よく私たちと一緒にお茶をしてくれる。

そしてそんな彼女たちが話題に出しているのは学園内で噂されている有名な男女の話。

そう、レオナルド様と主人公マリアンネだ。

「購買部にいるのを見かけたのですけど、普通にお話しているだけでしたよ。殿下の後ろには側近のマイセン様がおりましたし、親密そうには見えませんでしたけど」

シーリーはそう言いながら頬杖をついた。

「うーん……、なんか、おかしいわよね」

ロゼッタが釈然《しゃくぜん》としないといったふうにマドレーヌを口に運んだ。

「あの殿下が他の女性に心を傾けるとは思えないんですもの」

「そうねぇ。キャサリンを婚約者にしておいて他の女性がいいとは言わないと思うけれど。……まあそんな噂はどうでもいいわ。他の話題にしましょう」

セレーネ様がそう言うとロゼッタが思い出したかのように瞳を輝かせた。

「他の話題といえばご存知かしら。学園内でサシェが流行《はや》ってるらしいわよ。枕の下に置いて寝ると素敵な夢が見られるとか……、願い事が叶ったなんて話も聞いたわ」

「あ、それ聞いた事あります。花のようなとてもいい香りだとか。うちの商会でも売り出そうかな。きっと儲《もう》かりますよね」

「もう、シーリーはすぐお金勘定するんだから」

――学園は入学式を終えて通常授業に入った。

レオナルド様は宣言通り、毎朝私を迎えに来て同じ馬車に乗って一緒に登校している。そして帰りは政務のためにバラバラになる事もあるが、大概は一緒に帰っている。

だが、学園内で私たちが一緒にいる事は少ない。

何故ならレオナルド様はマリアンネと共に行動している事が多いからだ。

私とロゼッタは同じクラスで、シーリーとマリアンネは別のクラスだ。正直シーリーと別のクラスになったのは残念だったが、マリアンネと一緒ではなかったのには心底ホッとした。害はないとわかっていても視界に入るのは避けたかった。

レオナルド様は上級生だから、下級生である私たちとは接点が少ない。けれどマリアンネは度々レオナルド様が行く場所にいて、そのまま一緒に過ごす事がよくあるらしい、……という事をレオナルド様本人から聞いた。私は「やはり」としか思えなかった。

その出会いも会話も何もかもが小説のストーリーと類似している。

教師に呼ばれたロゼッタたちと別れ、一人帰り支度をしようと教室へ戻る最中に私は後悔した。

一人になるんじゃなかったと。

「あら、キャサリン様、少しお待ちになって」

振り返ると、そこには渦中《かちゅう》のマリアンネがいた。

にこにこと微笑んでいるその姿はとても可愛らしくて癒しになると、入学早々、彼女は学園内の大勢の男女を虜《とりこ》にした。

今この場に佇《たたず》んでいる立ち姿も鈴を転がしたような甘い声も、とても素敵だと思う。

きっとすべての人が彼女に良い印象を持つだろう。

そして入学式に起こったアクシデント……、レオナルド様に抱き上げられて運ばれたその出来事によって、彼女は学園内のすべての視線を、注目を、一身に浴びた。そしてあんなに可愛らしい令嬢と共にいるのが様《さま》になる男など、レオナルド王太子殿下ぐらいしかいないいじゃないかと思っただろう。

まもなくして学園内では噂が流れた。

――彼らは甘い関係だと。

「これは御機嫌よう、マリアンネ様。いかがしましたか?」

「キャサリン様にご挨拶がしたくて……。先日は教科書を貸してくださってありがとうございました。おかげ様で無事に講義を受けられました」

「それはよかったですわ。困ったときはお互い様でしょう、またいつでも言ってくださいね」

「ありがとうございます」

先日の移動教室の日にシーリーと廊下で偶然会って軽い挨拶をしていたら、その近くにいたマリアンネが一人で騒ぎ始めた。

『わたしの教科書がないわ!』と。

その大声に周囲と同じように驚いていると、ぱちりと音が聞こえそうなぐらいしっかりと彼女と目が合った。そして教科書を貸して欲しいとお願いされたのだ。正直彼女と関わりたくなかった私が悩んでいると、再度お願いされた。ここで渡さなかったら私が悪者になるのでは？　と思わせる周囲の視線を受けて貸さざるを得なかった。

ちなみに彼女と私はこれといった接触があったわけではない。

今までは廊下などですれ違ったり、合同授業のときに少し会話するぐらいで知り合いと呼べるかどうかも怪しいぐらいだ。

だが、教科書の一件で関わり合いが出来てしまった。

「キャサリン様はもうお帰りなんですか？」

「ええ、帰ろうかと」

「今日もレオナルド様とですか？　仲睦《なかむつ》まじくて羨ましいです」

にこにこと相変わらず微笑んでいるマリアンネに少し不快感を覚えた。

彼女は最初から遠慮なくレオナルド様を名前で呼ぶ。

バーゴラではどうかは知らないが、オータニアで王族の名前を呼ぶ事は非常識だとなぜわからないのか。

だが、こう呼ぶことも私は最初から知っていた。なにせ小説通りなのだから。

「そういえば、先日レオナルド様が仰《おっしゃ》っていたのですが、もうすぐ遠足がありますね」

遠足とはその名の通りピクニックである。またの名を校外学習とも言う。

この学園では入学して早々ある行事で、全学年全生徒で行く。それも学年関係なくランダムでグループを作るため、初めて上級生と関わる行事でもある。要は、幅広く知り合いを、パイプを持ちなさいという学園からの細やかな心配りだ。

「レオナルド様に言ったんです。ご一緒出来ればいいなぁって。それにキャサリン様ともご一緒出来たらきっと楽しいですよね。レオナルド様と私とキャサリン様の三人で。きっと素敵な遠足になりますよ」

悪気があるのかないのか、うふふと笑う彼女に少し薄《うす》ら寒《さむ》さを感じる。彼女は私がレオナルド様の婚約者だと知らないでそう言っているのだろうか。いや、きっと知っているに違いない。

明らかな敵意は感じないが、レオナルド様に対する恋慕を隠そうとしないからだ。

「ふふ、三人では行けないわ。グループは全員で六名、私たち新入生二名に上級生二名、最上級生二名だもの」

「あれ、そうなんですか？　ちょっと残念です……。あ、そういえばこの前聞いたんですけど、レオナルド様って――」

(勘弁してよ)

ただでさえ早く帰りたくてタイミングを見計《みはか》らっているのに、マリアンネはずっと喋りかけてきて、その隙を与えてくれない。それも話すのはレオナルド様の事ばかりだ。

そりゃあ当然かもしれない。彼女との共通の話題なんて彼ぐらいなのだから。

でも彼女と一緒にいるときの彼の話など、何故聞かされなくてはいけないのだ。それが自慢なのか牽制《けんせい》なのか理解出来ないが、どちらにせよ彼女の思惑《おもわく》は成功だろう。

私の心は大きく揺さぶられていた。この不快感はなんだろう。

いい加減にして欲しい。もうこんな話は聞きたくない。

「――キャサリン」

後ろから声がした。身体によく馴染んだ声。

振り返るとそこには渦中《かちゅう》のレオナルド様がいた。……ああ、このフレーズ、さっきも言った気がするわ。

こちらへ歩み寄ってくるレオナルド様の側にはマイセン様が控えている。学園内で唯一帯刀している彼の存在はレオナルド様が王族だという事を示していた。

「こんなところにいたんだね。約束の時間になっても来る気配がなかったから、探しに来たよ」

そう言われて懐中時計に目を向けると、約束の時間をとうに過ぎていた。

「ごめんなさい。私ったら」

慌てて駆け寄るとレオナルド様は私の肩に手を置いてから、マリアンネにニコリと微笑んだ。

「やあ、キミが一緒だったんだね」

「こんにちは、レオナルド様。お昼休みぶりですわね」

さらっと昼休みも一緒だったんだぞとアピールをされた気がして胸がちくりとした。本人にはそんなアピールしているつもりはないかも、と思ったが胸の痛みは治まりそうにない。

「じゃあ、キャサリン行こうか。……それじゃあね、ブラウン嬢」

「まあ、レオナルド様ったら相変わらず酷いのね。私の事はマリーか、マリアンネとお呼びくださいと言いましたのに」

「その呼び方はキミの婚約者殿に譲るよ。では」

レオナルド様は私の肩から腰に手を滑らせてそのままぐいぐいと歩き出してしまった。あまりの強引な動きに驚きつつも、一刻も早くこの場を離れたかった私はその歩みに感謝した。

馬車の前に着くと、それまで無言だったレオナルド様が口を開いた。

「今日は一緒じゃなかったの？」

「え？　誰とですか？」

促《うなが》されて馬車に乗ると、すぐに動き出した。

「ハーベルト侯爵令嬢だよ」

「……ロゼッタですか？　一緒にお茶をしていたんですけど、途中で教師に呼ばれたんです」

「もしかしてペンドリー伯爵令嬢も？」

「ええ。セレーネ様も一緒だったのですが、彼女も呼ばれて」

結果的に一人になったのだ。

いつもなら彼女たちの中の誰かが一緒にいて、帰るときも正門まで共に行く事が多い。

「……なるほどね」

しばらく何かを考えているかのように窓の外を眺めていたレオナルド様は、ふいに私の方を見て、低くよく通る声で言う。

「あまり一人になってはいけないよ」

その声はあまりにも真剣で、そしてその表情は硬いものだった。

「それは私がレオナルド様の婚約者だからですか」

こちらへ向ける眼差しが是と答えている。

「学園も安全ではないから」

私が頷くと彼は表情を和《やわ》らげた。

「本当は理由もちゃんと話してくださるといいのですが、言えないのでしょう。話してくださるまで待ちますわ」

そう言った私の手にレオナルド様はひとつキスを落として、軽く指先を撫《な》でた。

驚いて指を払い除《の》けると、彼は笑みを深めて脈略もなく「可愛いね」と言った。

頬が熱くなるのを感じながら、こちらを見つめてくる彼を睨《にら》みつける。睨《にら》みつけられている本人は素知らぬ顔だ。

「明日からはアマンダを同行させよう。伯爵にもそう伝えておくよ」

会話が通じなくてげんなりとしていると、彼はくつくつと笑っていた。

私はその笑いを無視して馬車に備え付けてあるポットから紅茶を淹れて飲む。この馬車は特注で私と登下校したいがために用意したらしい。そして私の好みの紅茶やお菓子がいつでも楽しめるように備え付けられている。なんという至れり尽くせり。

「――早く結婚したいね」

「ごふっ！」

突然の爆弾発言に、私が盛大に紅茶を噴《ふ》き出したのは言うまでもない。

——最近、周りの視線が痛い気がする。

私がそう感じ始めたのは入学式から二ヶ月ほど経ってからだ。

噂は相変わらず、マリアンネとレオナルド様の仲を疑ったものばかり。それも少しずつ内容が過激になってきた気がする。

彼らが誰もいない教室で密会していたとか、抱き合っていたとか。

私は所詮当て馬だと誰かが言っているのを聞いた。

レオナルド様は噂の事をもちろん知っていて、最初に私に言った。

「私とブラウン嬢はやましい関係じゃないからね。私が欲しいのは今までも、これからも、ずっとキャサリンだけだ」

彼は決して嘘を言わない。だからその言葉だけを信じていればいい。そう、信じていればいいのだ。……なのになんでこんなに胸が痛いの——？

その日はロゼッタと二人だけでカフェテリアにいた。

最近出た新しいフレーバーの紅茶とか新色のアクセサリーとかの話をしていたときの事だ。急に店内が騒然とし始めて、顔を上げるとレオナルド様とマリアンネが一緒に現れた。傍にはマイセン様もいる。

「レオナルド様は何になさるのですか？」

「私は珈琲《コーヒー》をもらおうかな」

「私もそれを頼もうと思っていましたの。気が合いますね」

レオナルド様の隣で頬を染めながら席に着くマリアンネは髪の毛を耳にかけた。

髪から覗《のぞ》く耳はほんのりと紅《あか》い。

(ああいうのに男は騙《だま》されるのかしら)

一瞬生じた嫌悪感に私は目を逸《そ》らした。

別にレオナルド様とお茶をご一緒している事に腹を立ててるわけじゃないわ。だってレオナルド様は私にきちんと説明してくださってるし。

「なぁにアレ。勝手に隣の席に着いてるんだけど。どうして何も言わないのかしら」

こそっと言うロゼッタは二人を睨《にら》むように見た。

「キャサリンもちゃんと言った方がいいわよ。嫌なら嫌って言わないと、男なんて女の事になると簡単に調子に乗るんだから。うちのお兄様みたいに!」

「あはは、レオナルド様に限ってそんな事ないわ」

多分……と心の中で加えていると、ロゼッタはむすっとした態度を隠そうともせず、気分が悪いから出ましょうと私を連れて店を出た。

出る瞬間、彼らが気になって振り向くと、信じられない事にレオナルド様が笑っていた。

(——あ)

それは柔らかい笑顔。いつものアルカイックスマイルではない、彼の感情が乗ったような……

頭からサァと血の気《け》が引いた気がした。

(どうして、どうして彼女にあんな顔を見せるの?)

あんな優しげな笑顔を見せる感情を彼女に……?

嫌な感情を振り切るようにロゼッタの後を追った。

それからというもの、レオナルド様とマリアンネが一緒にいる姿が嫌でも目に入るようになった。

あれ以降、あの笑顔を見る事はないが、もしかしたら二人きりのときにしているのかもしれない。

そんな考えが嫌でも頭を過《よぎ》ってしまい、私は日に日に苦しくなるのを感じていた。

――本当はマリアンネが好きなのかも。

そう思い始めると感情を押さえつける事が出来なくなる。

(もしかしたら、潮時なのかもしれない……)

やっぱり告げるべきだわ。婚約を辞《や》めるべきだって。

もう少し二人の仲が進展したら、いずれ私の事が邪魔になる。だから……

(早いうちに身を引いた方がいいよね……)

夜通し考えた憂鬱《ゆううつ》な気持ちも、どうするか決めたら少し楽になった気がする。

私は早速翌日から、授業の都合で先に行かなくてはならないと伝え、レオナルド様の馬車ではなく、自邸の馬車で学園へ向かった。最初は嘘の都合を信じていたレオナルド様だったが、それが三日、四日続くと、私にどういう事かと詰め寄ろうとした。しかし事情を聞いたロゼッタやシーリー、セレーネ様がレオナルド様の邪魔をするため、私と二人きりになる事が叶わなかった。何かを言いたげな表情で見つめてきていたが、その間も相変わらずレオナルド様とマリアンネは一緒にいた。だからやっぱりそういう事なんだなと納得して、私はお父様に婚約解消の相談をした。

お父様は即答した。

「――それは出来ない」

「なんで……、だって私は邪魔になるかもしれないのよ？　好きな方が出来たのなら私は退散するべきだわ」

「キャサリンはきちんと殿下に相談したのかい？」

言葉を詰まらせる私をお父様は優しくたしなめた。

「いいかい？　殿下との婚約を辞《や》めたいと言うなら、私に言う前にご本人ときちんとお話ししてからだ。話し合いをして、それでもキャサリンが困る事があるのなら、そのときは私も相談に乗るよ」

そして、ふと思い出したかのように言った。

「ああそういえば、殿下から王宮にキャサリンを連れてくるように言伝《ことづて》があったんだった」

（～っ、お父様のばか、ばか！）

結局敵前逃亡に失敗した私は、レオナルド様の執務室に連れて行かれた。

（直接マリアンネが好きなんて言葉を聞いたら立ち直れない気がするから、話したくなかったのに……）

陰鬱《いんうつ》な気持ちで執務室の扉を叩いた。

「キャサリン、やっと会えた……っ」

出迎えたレオナルド様は逃《のが》すものかと私を引っ張るように部屋へと招き入れる。実にスマートじゃない。

「ねえ、いったいどうしたの？　どうして私を避けるの？　もしかして私が嫌いになった？　何がいけなかったのか教えて。次は絶対にキャサリンに嫌な思いをさせないから。約束する」

矢継《やつ》ぎ早《ばや》に言い募《つの》るレオナルド様は、捨てられる寸前の子犬のように決して私を離すまいと、ギュウギュウ抱きしめてきた。

ぐぇ、ぐるじい……！　待って本当に待って！

「ちょ、ちょっと離れてください。お話が出来ませんっ」

「嫌だ。離れたらキャサリンは逃げるに決まってる。このままでも話ぐらい出来る」

「こっ、こんな状態で話が出来るわけないでしょう！　ひゃ、やめっ」

羞恥心で死にかけている私も必死だが、頬や額に追い討ちをかけるようにキスを繰り返し懇願するレオナルド様も必死だった。

「もしかしてもしかしなくても、まさか婚約を破棄したいとか言わないよね？　……そんな話だったら私は壊れてキミを鎖で縛って閉じ込めるかもしれない」

「ひっ」

さわっと手首を撫《な》でられて思わず引きつった声が漏れた。目が、目がヤバい。王子のする顔じゃないから！

「大体どうしてそんな事を考えたの。やっぱり私が君の嫌がる事をした？」

「だ、だってマリアンネ様が……っ」

彼女の名前を聞いた瞬間、レオナルド様の眉間《みけん》がぴくりと動いた。その様子は明らかに何かを警戒している。

「マリアンネ・ブラウンに何を言われた？」

「い、いえ。何も、何も言われてないです。ただ……」

「ただ？」

「レオナルド様がマリアンネ様と恋仲になるのなら、私は邪魔になるので婚約を」

「――へえ」

底冷えのする声色に私は息を呑んだ。おかしい、これは地雷を踏んだかもしれない。

「や、あの、だってですね……」

目を泳がせる私にレオナルド様は微笑んだ。ちなみに彼の目は完全に据《す》わっている。

「キミは私がマリアンネ・ブラウンの事を好きになったと言いたいんだね。だからキミを捨てて、彼女と婚約をし直すと」

「え、ええ」

「つまりキミは私が浮気をした挙句《あげく》、婚約者を捨てるような下衆《げす》野郎だと言いたいわけだ」

「げっ下衆《げす》野郎だなんて思ってもいないわ！　ただ私は、……私が引かないせいでレオナルド様が好きな人と結ばれないのが嫌なんです。レオナルド様には幸せになっていただきたいから」

もし本当にレオナルド様がマリアンネの事を好きなら、私は身を引くつもりだ。だってどう頑張ったってストーリーには叶わない。

俯《うつむ》きそうになる顔を上げると彼の目は鋭く私を射抜いていた。

「私の気持ちにキャサリン以外が入り込む隙間なんてない。例えあったとしても、彼女は絶対に有り得ない」

強い口調とは裏腹に優しく私の髪を撫《な》でた。

「だ、だってレオナルド様が微笑んで……っ」

「私が？　いつ？」

要領を得ない私の説明を辛抱強く聞いてくれたレオナルド様は、「ああ、なるほど」と納得したように呟いた。

「あのときは証拠がようやく手に入りそうだったから、嬉しくて思わず笑っちゃったんだ。まさかそんな姿を見て勘違いされるなんて思わなかったけど」

「……証拠？」

首を傾《かし》げるとレオナルド様は困ったように笑った。

「キャサリンにはまだ伝えていない事があるんだ。それを話さなかったのは決定的な証拠が見つかっていないからであって、キミが力不足だとか、信用していないとかじゃない」

そう言うとレオナルド様はやっと私を席に促《うなが》した。やっとである。

「端的に言うと、マリアンネ・ブラウンはトルークに深く関わっている」

「えっ――――！」

咄嗟《とっさ》に悲鳴をあげそうになった口を手で塞いだ。

「彼女はこの件についての重要参考人だ。決して逃してはいけない。だからこそ学園でマークしておく必要があった。私じゃなくてもいいんだけど、彼女は甚《いた》く私を気に入っているらしいから、それを逆手《さかて》に取っているだけで――断じて私が彼女に気があるわけじゃないからね。正直言うと、すっごく我慢してるんだよ。隣にいるのはキャサリンのはずなんだから」

まだキャサリンの学生服を堪能してないし、とかふざけた言葉が最後にチラッと聞こえた気がするが、私はパニックでそれどころではなかった。

（マリアンネが被疑者？　どういう事、元々のストーリーはどこへ行ったの？）

「……それにマリアンネ・ブラウンの他に、もう一人注意している人物がいる。バーゴラのダルトワ伯爵だ。彼はトルークに集まる武器の密輸に関与している。彼女とも接触しているはずなんだ。その証拠を掴《つか》みたい」

レオナルド様は申し訳なさそうに目を伏せた。

「だからしばらく彼女の傍にいる事になると思う。キャサリンを不安にさせるつもりはなかったけど、もしそうさせてしまったならごめん。でも大丈夫だから。キミは何も心配する事はないから」

そう優しく髪を撫《な》でるレオナルド様を見ながら私はますます混乱した。これからどうなって行くのか予想がつかなかったのだ。

遠足を目前にして今日、そのグループ分けが発表される。

学園中がざわめく中、一人冷静に考えた。

(小説のままでいけば、レオナルド様とマリアンネは一緒のグループで、二人は更に仲を親密なものへと変えていくのよね)

けれど彼女がトルークに関与しているとなると、その結果がどうなるのかわからない。

グループの発表は中庭のボードに張り出される。

私はロゼッタとシーリーと共に向かった。

「こういう発表って無駄に緊張するわよね」

「ロゼッタは少し人見知りがありますもんね。私的にキャサリンと殿下が同じでありますようにって願い事が叶うかドキドキしてます！」

そうなったら思う存分いちゃついてくださいと鼻息荒く言うシーリーに、私とロゼッタは呆れてものが言えなくなった。

ごった返す中庭を進みながら私は視線を感じた。

最初に感じたときより無遠慮になった第三者からのその行為にうんざりしながらボードに近づく。

(なんでもない関係だとしても、二人の名前が並んでるところを見たくないわ)

この不愉快さはなんだろう。

今朝《けさ》からずっと胃がむかむかしてて食欲もなく、なんとなく不調だった。それがここに来てピークを迎えているという事は、私はこの発表を見たくないんだろう。自分の気持ちがよくわからないまま、私は周囲の喧騒を他人事のように眺めていた。

彼らのように〝先〟を知らない事を羨ましいと感じた。

一喜一憂するその様《さま》は〝今〟しか知らない人の特権だろう。それとも信じていた〝先〟がぐにゃりと変わった可能性が、私を臆病にさせているのだろうか。

「あ、名前があったわ！」

ロゼッタが笑顔で指を差し、私は自分の名前を見つけた。

「――え」

信じられないものを見た気がして、目を擦《こす》った。でもそこに見える字は変わらない。

「なんで……きゃっ――！」

すると突然背後から肩を掴《つか》まれた。

何が起こったのか理解する前に知っている香りが私を包んだ。緩く結ばれた腕を押して、背後を見上げると、そこには蕩《とろ》けるような笑顔のレオナルド様がいた。

「キャサリンと一緒だ」

とても嬉しそうに笑うレオナルド様を見上げながら私は混乱した。

ボードには最上級生のところにレオナルド、下級生のところにキャサリンと書かれていた。

とてもじゃないが信じられない。でも何度目を擦《こす》ってもまばたきをしても、記載されている文字が変わる事はなかった。

（――うそでしょう？）

どうして私は彼と同じグループなのか。やはり運命は変わってしまったのか。

(マリアンネは？　彼女はどこに——)

彼女の名前を見つけようともう一度ボードに目を向けようとしたが、その前に抱きしめられた。

「キャシーと一緒でとても嬉しいよ」

普段二人きりのときでも滅多に口にしない愛称を公衆の面前で言い、挙げ句の果てに私の頬に音を立ててキスを落とす。

「っ、レオナルド様！」

皆が見ている前でされたからなのか、ボードの結果が予想と違うものだったからなのか、みるみるうちに私の顔は熱くなっていった。

(は、恥ずかしい！)

私は思わず掌《てのひら》で顔を覆う。

「こんなところでやめてくださいっ！」

言外に離してと訴えても、レオナルド様は抱きしめる力を強くした。それこそ本当に私の顔が彼の胸に埋まる。そして動けないのをいい事に髪や額にキスを落としてくる。

「ぎゃあやめて！」

「私の婚約者は本当に可愛いなぁ。すごく可愛い」

頬をすりすりしながら呟く声が聞こえたらしく、周囲の人々はお互いに顔を見合わせていた。

私の顔はもう噴火するのではないか、というぐらいまで真っ赤に染まり、最終的にはレオナルド様にお持ち帰りされた。発表は授業が終わってから見に行ったので、今日はもう帰宅するだけである。

馬車へ押し込められ、気が付いたら発車していた。もう何が何やらわからず混乱し通しだ。

だからなのか、あの場にマリアンネが来ていた事にこのときの私は気付かなかった――

翌日の学園で、私は知らない面々に囲まれていた。

「どうやったらあんな風に愛してもらえるのですか？」

「わたくしも教えていただきたいわ！」

「殿方にはどうやって……――」

「え、あの、いや。あの、ちょっと落ち着いてくださる、ねぇ」

鬼気迫《せま》る圧力に押されてなんとかやりすごそうとするが、彼女たちは一歩も引く事はなかった。こわい、こわいですから！

「……無礼を承知で申し上げますが、今まであまりキャサリン様と王太子殿下が共にいる姿を見かけませんでしたの」

「それなのに噂のお二人はよく見かけておりましたので……」

「だからもしかしたら、キャサリン様たちの仲はあまり良くないのかしらって皆で言っていたのです」

（なになに？　何が起こってるの？）

突然の出来事でぽかーんとしている中、三人のご令嬢は頷き合い、こちらを気遣うように慎重に話し出した。

「でも昨日の一件で、わたくしたちが勘違いをしていた事に気が付きました」

「お二人がよくご一緒に登下校してらっしゃると聞いていましたのに……」

「殿下はキャサリン様の事を本当に愛していらっしゃるのね……、あんなに素敵な笑顔の殿下は初めて見ましたわ」

ほぅ…と溜め息をつきながら瞳をキラキラ輝かせていて、どこか夢見がちな表情だ。

「きっと王太子殿下はキャサリン様を独り占めしたいのね」

この発言に対して残りの二人が賛同した。

「だってあのときのキャサリン様、とても可愛らしかったんですもの」

「どちらかというと、普段のキャサリン様はクールでいらっしゃるでしょう？　とても優秀で、あまり表情を変える事なく、凛としていらっしゃって。だから少し近寄り難《がた》いといいますか……」

「けれど、殿下といるときのキャサリン様は女のわたくしでもギュッと抱きしめたくなる魅力がありましたわ」

にこにこ微笑みながら熱い視線で私を見つめる三人の言葉に、昨日に引き続き、頬が熱くなるのを感じた。

私は基本的に無愛想だ。学園内で表情筋を動かす事は少ない。

友人たちとは気さくに接する事が出来るけど、妃教育を受けるようになってから「常にポーカーフェイスでありなさい。心の内を悟《さと》られてはいけません」と教えられた。それ以来、公《おおやけ》の場では微笑むぐらいしかしないのだ。……これをクールととるか無愛想ととるか。

「あの笑顔、王太子殿下が骨抜きになるのも納得しますわ。今思えば、婚約発表も異例の早さでしたものね。──ですから」

彼女たちは私を見ると姿勢を改めた。そして深く一礼した。

突然の行動に目を見開くと彼女たちが次々に謝罪を口にした。

「──これまでの無礼、お許しください。勝手な憶測で話した事、深くお詫び申し上げます」

「マリアンネ様もとても素敵な方ですけど、殿下はキャサリン様にゾッコンだってわかりました。だから今後はあのような噂を広めるような事は一切致しません」

「……ぞっこん」

「ええ、ゾッコンです」

とてもいい笑顔で答える三人を釈然《しゃくぜん》としない顔で見つめる。たかだか昨日のあの一瞬でそんな認定を受けるとは……

彼女たちとはその後あっさりと別れた。その後何組かの生徒も同じように謝罪しに来たが、小説通りに事が進んでるだけだと思っていたため、彼らからの謝罪内容を真実として受け取れる立場にいるのかと、あまりすっきりしなかった。

──私は物語通りになって欲しいわけではない。

私自身が過《あやま》ちを犯して死ぬ事、家族を不幸にする事を避けたいだけだ。

前世での私は独り身で社畜で趣味を謳歌していたわけだけど、実の家族はいなかった。みんな交通事故でいなくなったから。

だから今世は家族と共にあろうと思ったのだ。初めて感じた温もりを抱いて過ごしたいと思った。

レオナルド様は、私を好いてくださっている。

それは恐らく当たってる。

〝今〟は、確実に私を好んで近くに置いているが、けれど彼はいつかマリアンネを好きになるかもしれない。どんなに避けてもいつの間にか私が王太子の婚約者になったように、着実に物語は進んでいくのかもしれない。

皆がマリアンネとレオナルド様がお似合いだと思ったように、レオナルド様もそう思う日がくるのかもしれない。

だからだろうか、レオナルド様が信用出来ない。彼からの愛情を疑い続けている。

（一体いつ私は捨てられるの？）

最近、こんな事ばかり考えている。頭では違うとわかっていても、マリアンネとレオナルド様が一緒にいる話を聞くと、心が軋《きし》む音がする。それこそギシリ、ギシリと古い家屋のような、古びた板が立てるような音だ。その音がするたびに胸の痛みは強くなり、私の中に澱《よど》みが生まれるのを感じる。

よくない前兆だと思った。

私はキャサリンだ。けれど、物語の中の〝キャサリン〟ではない。

そうずっと信じて生きてきた。だから婚約したくない気持ちでいっぱいだった。早く破棄して自由になりたかった。

——なのに。

私はレオナルド様に恋している。

あんなに避けたかった人だった。けれど遠慮なくパーソナルスペースへ入り込んできた彼の存在は、私が追い出す前に心に馴染んでしまった。最初からそこにいたかのように馴染むその存在は、今更追い出すには些《いささ》か染み付き過ぎてしまった。

あんなに嫌で嫌でしょうがなかったのに、私はこの一年で変わってしまった。離れていた分、近づいた時の刺激が強かったのだろうか。

このままではいけない。

私は〝ギャサリン〟になりたくない。なりたくないの……

その日は朝から快晴だった。

眩しいほどの太陽と青空が朗《ほが》らかな風を連れてやってきているような、あまりに晴々《はればれ》とした気持ちのいい日だから、誰もが良い事が起こりそうだと思うかもしれない。普通なら。

だけど、私は朝からテンションがド底辺だった。なんなら地底深くまでめり込んでいると言っても過言じゃない。

絶望感でいっぱいで、二度と気持ちが上向く事はないと思うぐらいだ。

――なぜならば……

「ねえレオナルド様、こちらのフィナンシェとても美味《おい》しいですよ。おひとついかがですか？　あ、こっちのマドレーヌもとてもいいお味だわ。こちらもおすすめです」

にこにことお菓子を手に持ちながら話しかけているのはマリアンネだ。

そして彼女の前にはレオナルド様が座っている。

「美味《おい》しいと思ってくれている人が食べるのが一番じゃないかな。よければ私の分も食べてくれて構わないよ」

「え、本当ですか。わあ嬉しい！　レオナルド様はお優しいのね。ね、キャサリン様もおひとついかがです？　これ本当に美味《おい》しいんですよ」

「……私も遠慮しておくわ。ごめんなさいね」

リズミカルに響く蹄《ひづめ》の楽しげな音とは真逆に、私の心は一ミリも楽しさを感じない。気分がどんどん落ち込んでいくばかり。私は馬車に揺られながら誰にも気づかれないように手を握りしめ、馬車の小窓から外を眺めた。

グループ発表が行われてからおよそ一週間後、校外学習もとい遠足は行われた。

あのとき、私とレオナルド様は同じグループで、マリアンネは別のグループになっていた。

だが、遠足の前日に事件が発生したのだ。

彼女と同じグループだった人々が続々と病に倒れた。病といっても食中毒のようなもので命に別状はないが、大事をとって休む事になったのだ。

その結果、人数が中途半端で馬車を用意する必要もなかったからなのか、残った人たちを各グループに組み入れる事になり、何の因果か彼女は私たちの所へやってきたというわけだった。

通常より大きい馬車に下級生である私とマリアンネ、最上級生のレオナルド様、そしてもう一人の最上級生であるダヌア様が一緒だ。御者にはアマンダとマイセン様が付いている。班の残りの生徒はもう一台の馬車で向かっている。

ダヌア様がこの学園の生徒だという事を知ったのは、グループ発表のときだった。

彼はトルークの一件が片付くまでしばらくオータニアにいるらしく、この学園に編入してきた。実を言うと、彼はとうに学園を卒業している年齢である。なので学園にいる事自体がおかしいのだが、他国の王子が王宮に滞在するにはそれなりの理由がいる。

今回は事が事で極秘に動かなくてはいけない。けれど王族を城下町に住まわせる事も出来ず、警護面でも連絡面でも一番都合が良かったのが王立学園だったというわけだ。

ヴァンドジールの第三王子という肩書きも学園長しか知らない。なので生徒も教師も対等に話しかけているので見てるこちらはヒヤヒヤし通しなのだが、当の本人は「オータニア人は面白い奴が多いのな。キャサリン嬢は飛び抜けて面白いけど」とか言っていた。

……どう考えても私に喧嘩を売っている。

「今日の課題は薬草探し、でしたよね？　私、すぐ見つけられるかなぁ」

マリアンネは配布された地図と分布域のプリントを照らし合わせながら呟いている。表情からして不得意なのだろうか。

「大丈夫じゃないかしら。特徴的なものが多かったし、協力し合えばすぐだわ」

「キャサリン様は薬草に詳しいのですか？」

「詳しい、というと語弊《ごへい》があるかもしれないけど一応習うだけは習ったから多少なら……、でも専門家に聞くととても興味深いお話が聞けるから、これから学ぶのなら、お勧めよ」

学園には薬草を専門としている教師がいる。薬剤師としても実績のある方なので経験談が多く、とても面白いのだ。

「そうなんですね、今度私も教えてもらおうかなぁ……」

そんなやりとりをしていると馬車は郊外にある森へ着いた。

今回の遠足の課題は薬草探しである。郊外にある学園が管理する土地に分布する薬草を探すというもの。各班それぞれ違う薬草なので班員だけで見つけなければいけない。

私たちの課題である薬草は比較的特徴があって認知度も高い。さほど難しい課題ではないだろう。

別の馬車で来ていた残りの班員とも合流して、私たちは入り口へ向かった。

森へ入る入り口は整っていた。森全体は高い塀で囲われており、学園が管理しているだけあって鬱蒼《うっそう》としているわけではなく、見通しのいい森だった。

「さて、どこから探しましょう」

「とりあえず地図と分布図を見ながら進んでみようか」

レオナルド様は地図と分布図を広げて私に言う。

優しい声色と表情に、掻《か》き乱されていた心が少し穏やかになった気がした。

（やっぱり安心するのかしら）

マリアンネが現れてからというもの、今まで色んな意味で心を乱されていたレオナルド様の横が、今では一番安心出来る場所になりつつあった。

——でもこんな風に想ってはいけないわ。彼はいつか私のそばから消えるのだから。

「レオナルド様、見ててくださいね。私、絶対見つけますから！」

レオナルド様の隣へ走って来たマリアンネは先程までの不安な表情ではなく、頬を赤らめて楽しそうにしている。

突然の変わりようを不思議に思い、近くにいたダヌア様を見上げると彼は肩を竦《すく》めている。

「ダヌア様は今回の課題はお得意ですか？」

「得意だよ。それなりに見てきてるし、ね」

にやりと笑う彼の表情から、それが違う意味合いである事に気づき、ゾッとした。

王族にとっての薬草など、薬と取るより毒の方を指すのだろう。……王族こわい。

「あ！　レオナルド様、あちらに似た草があります。一緒に確認してくださいますか？」

「ちょっと待ってもらえるかな、みんなと一緒に行こう」

「目を離したら他の草と見分けつかなくなっちゃいますっ」

少し離れた場所でレオナルド様の腕を無遠慮に取り、グイグイと奥の茂《しげ》みに入っていこうとするマリアンネに少しモヤッとする。

（あんなにベタベタと触れるなんて……）

少しだけムッとしたのを感じ取ったのか、ダヌア様が喉《のど》を震わせて笑った。

「気になる？」

「いいえ」

「でもさっきから目で追ってるぜ」

「そうかしら。気のせいではありませんか」

「あっちに行かなくてもいいのか？」

「お構いなく。行きたいのなら私の隣にいないであちらへ行ってくださいな」

途中から言葉に棘《とげ》があったが、ダヌア様は気にもせずに笑っていた。本当に彼がヴァンドジールの王子なのを忘れてしまいそうになる。気安い方ではあるけれど、あまり気安いのも問題だ。

「誰かさんに君の事を任されてるもんだからね。今日はずーっと一緒だよ」

「……なんですかそれ」

誰かさんなんてわかり切っている事だが、その言葉を聞く限り、今日は私といる気はないという事か？

「まあ、言いたい事はわかるけど今日はお互い我慢だな。あっちにはマイセンも他の生徒も付いてるし大丈夫だよ。俺とアマンダだけじゃ不満？」

「なんだかよくわからないのが不愉快ですが、不満ではありません」

何度目かわからない苛立《いらだ》ちを抑えながら、私はレオナルド様たちとは違う茂《しげ》みへ入った。

茂《しげ》みを掻《か》き分けながら歩いていくと、先程までの雑草が嘘のように開《ひら》けた空間に出た。

樹々で見上げる事が出来なかった空が、気持ち良い風と一緒に姿を現したのだ。

遠くの山脈まで見通せるその場所は穴場のようで、誰もここへは探しに来ていないようだった。

「へえ、なかなかいい場所だ」

「風が気持ち良いですわね」

「キャサリン嬢も休憩しようぜ」

「お一人でどうぞ」

昼寝でもし始めそうなダヌア様を置いて、薬草がありそうな場所へ向かう。

アマンダには念のためダヌア様の側にいるように合図を送る。さすがに他国の王子を一人置いていくのは忍びない。

今回の薬草は茎《くき》の短いものなので、高い草が多い場所よりこういう所の方が早く見つけられるかもしれない。微かに花の甘い香りを感じながら辺りを見回した。

花が近くにあるのかしら……？　そう思って顔を上げると少し離れた先に課題の薬草を見つけた。

「あった！　良かったぁ」

ホッとした。あれだけ言ってマリアンネに先を越されたら、なけなしのプライドが傷つく気がしたから。

下を向いて薬草を集めていると、ふと何処《どこ》からか血腥《ちなまぐさ》い空気と唸り声が聞こえた。

「え？」

顔を上げると野犬が数頭、こちらを見ていた。

その足元には鹿と思われる動物の遺体が無残にも横たわっている。その様子から彼らは食事の真っ最中だったようだ。突然の乱入者である私に牙を向いている……と。

(ヤバイ)

少しだけのつもりが予想以上にみんなと離れ過ぎてしまったらしい。

向けられた牙があまりにも鋭く、血で濡れている事に、今更ながら私は自分の状況を思い出し、血の気《け》が引き汗がどっと噴《ふ》き出した。

――急に動いちゃだめ。

犬も熊も逃げようとする獲物を追い込むのだ。目を見つめながら静かに後退しようと体勢を動かす。

そのまま動かないでよ、と念じながらじりっと下がった瞬間だった。

睨《にら》み合いに持ち込むかと思っていた犬たちが一斉に動き出したのだ。

「嘘でしょ!?」

こちらへ牙を向けて走ってくる犬から逃げるために私は全力で走った。妃教育で養われたスタミナと体力でどうにか逃げ切るしかない!

逃げる私に焦《じ》れたのか、今までバラバラで動いていた犬たちは私を囲い込むように動き出した。囲い込まれたら避け切るのは難しい。

「ッあ!」

焦る気持ちからか、方向転換する際に躓《つまず》いて転んだ。頬が地面に擦《こす》れる。その隙を見逃《みのが》すわけも

なく、近くにいた犬がこちらに駆け寄る。

私は爪が剥《は》がれるのも厭《いと》わずに、地面の砂を思いっきりつかみ、犬の目に向けて投げつけた。

うまい具合に何匹かの目に当たって動きが鈍《にぶ》くなったところに、ヒュンと小型ナイフが空気を切り私の目の前を横切る。

(——助かった!)

そのナイフは目前に迫《せま》った犬の目に刺さった。犬がのたうち回っている隙に、私は痛む足を引き摺《ず》りながら逃げ出す。

「お嬢さまっ!」

「キャサリン嬢!」

ナイフを片手に駆けつけてきたアマンダは私を庇《かば》うように抱きしめ、ダヌア様は所持していた短剣数本を犬に向かって投げつけた。

「きゃん!」

その短剣は近くにいた数頭に当たり、他の犬たちはその牽制《けんせい》のおかげか、じりじりと後退して、最後には鹿の肉を持って逃げて行った。

「大丈夫か!」

「え、ええ……」

近くまでダヌア様が来て、やっと私は息を吐く事が出来た。息と共に力が抜けたのか、腰に力が入らず、へにゃりと崩れた。

「くそっ、こんなところに野犬がいるなんて」

ダヌア様が私の背中を優しくさすってくれている。

私の心臓は未だに激しく脈打っており、吐き出す空気も震えていた。

身体が悲鳴をあげているようだ。

「お嬢さま……」

爪が欠けた指先をアマンダが震える手で触れる。所々にすり傷がある汚い手を、瞳に膜を作って見ていた。

「大丈夫よ。これくらいすぐに治るわ」

「お嬢さま……っ」

私の顔を改めて見つめ、今度こそアマンダの瞳から涙が溢《あふ》れた。

「申し訳ありません、申し訳ありませんっ。私がついておりながらこんな、こんな怪我をさせてしまうなんて！」

縋《すが》り付くように取り乱すアマンダを私は震える身体で抱きしめた。

「アマンダ」

言外にいいのよ、と伝えると彼女の瞳からはぼたぼたと涙が落ちていった。

「この犬は生きてるな」

アマンダが投げたナイフとダヌア様が投げた短剣で命を喪《うしな》った野犬が数頭横たわっている中に、

一頭だけ生きているものがいたようだ。

ダヌア様は腰から簡易ロープを取り出すと縛り上げた。

「連れて帰るのですか？」

「ああ、調べる」

「調べるって……」

「ここは王立学園が管理している土地だ。高い塀に囲われていて、普段は門が閉じられている。本来ならそんなところに野犬がいるはずがない」

険《けわ》しい顔をしたダヌア様は縛り上げた犬を肩に担《かつ》いだ。

「立てるか……？」

手を差し伸べられ、アマンダに支えられながら彼の手を取った。肩に重量物を担《かつ》いでいるのに私の手を力強く持ち上げて立たせてくれる。犬は気絶しているから暴れたりはしないが、早く連れ帰った方がよさそうだ。

口から覗《のぞ》く牙は思っていた以上に鋭く、改めてゾッとした。

「自然に入るのが難しいとなると……、誰かがここに放《はな》ったという事ですか」

「その可能性が高いな」

「いったい誰が……」

ダヌア様が私を気遣うようにゆっくりと歩き出す。

「実は、今回の課題は俺たちだけ違うものになる予定だったんだ」

「違うもの？」

険《けわ》しい顔のダヌア様はアマンダがいるにもかかわらず、トルークの話を始めた。

「この森の近くにある集落がトルークと荷物のやりとりをしているという情報があったんだ。おそらくダルトワ伯爵関係の武器の売買なんだと思う。その証拠を探す予定だった」

前を見据《みす》える眼差しは剣呑さを増し、今回のイレギュラーに対して憤《いきどお》っているように感じた。

「だが、招かれざる客が来た」

「……マリアンネ様が」

「そうだ。彼女以外は学園に潜り込ませた作戦メンバーだ。だから自由に動ける予定だったのに、学園側が無理やり押し込んで来た。信じられるか？　あんな女を国の王子に近づけさせるなんてな。……まだ確証はないが、学園内にもきな臭い連中がいるだろうな」

「やはり彼女は黒なのでしょうか」

「確定だろうな、巧《うま》く立ち回ってはいるが。あとは決定的な証拠と協力者のあぶり出し。レオナルドにも言われただろ、学園で一人になるなって。どこに隠れてるかわからないからな。信頼出来る者以外はすべて敵だと思った方がいい」

確かに一人になるなとは言われたけれど、レオナルド様も人が悪い。はっきり協力者がいるかもしれないからって言ってくれればいいのに。あの人、そう言わないんだもの。そりゃあ気づいていましたけれども。

ムッとする私に何を思ったのか、ダヌア様は「それにしても」と切り出した。

「あの女、レオナルドにご執心だろ。不安になったりするの？」

「あー……。そりゃあ不安になって逃げようとしましたけど」

「え。それはまずいだろ」

「……」

私の無言で察したのか一瞬気まずい空気が流れたが、切り替えるようにダヌア様は咳払いをして、肩に背負った犬を背負い直した。

「早く戻ろう。キミの手当てもしないと」


「キャサリン！」

みんながいる場所まで戻ってくると、私たちの様子を見て驚いたレオナルド様が私を強い力でかき抱いた。

私の身体をひとつひとつ確認する途中、怪我をしている頬と手が、彼の大きな手で優しく包まれる。

「何があった」

鋭い眼差しでダヌア様とアマンダを見る。その剣幕に思わず身体が震え上がった。

「や、野犬がいたのです。そこを二人が助けてくれました」

レオナルド様の抱擁から離れてダヌア様とアマンダを見る。二人は沈痛な面持ちでこちらを見ていた。

「ダヌア。私が言った事を忘れたのか」

「いえ。すべては俺の責任です」

「アマンダ、キミは誰の侍女だ」

「キャサリン様です」

「……ならば、話は後で詳しく聞く。今日はもう終了だ。全員学園へ戻ってくれ。キャサリンは私とすぐに王宮へ向かう。それまで馬車で休んでいてくれるか」

私をアマンダと一緒に馬車へ詰め込んだレオナルド様は、マイセン様とダヌア様と少し言葉を交わしてから同じ馬車へ乗り込んできた。

するとすぐに馬車が動き始める。

「――私のせいだ」

馬車へ乗り込んできたレオナルド様は、アマンダに応急処置をしてもらった私の手や頬を見て悲痛な声で言った。

「考えが足らなかった。キミのそばに私がいれば良かったんだ。そうすれば怪我なんてさせなかったのに」

歪《ゆが》む顔を見られたくないのか、手で顔を覆い、くぐもった声を出している。手の隙間から覗《のぞ》く顔は仄暗《ほのぐら》い色をしていた。

「いえ、私が考えなしに二人から離れたんです。ダヌア様からは私を任されていると言われていたのに。……だからレオナルド様のせいじゃありません」

彼の肩に触れると微かに震えていた。

「……私は、キミを失う事がこの世で一番恐ろしい。たとえ国が滅びようとも世界が終わりを告げようとも、キミがいないのならどうでもいい」

震えていた肩は止まっていた。そのかわり彼の表情には新たな決意を感じる。

「正直、このままキミを閉じ込めて、世間との繋がりは一切遮断して、私だけの傍にいて欲しい。そうすれば煩《わずら》わしい輩《やから》のせいでキャサリンが傷つく事もなくなるんだ。……でもさすがにそんな事は出来ないだろう？　いくらキミに愛を囁《ささや》いたって、きっとそんな風にした私をキミは恨むだろうから」

……おいおいおい、なんて怖い事言ってるんでしょうか、この王子は！

陰鬱《いんうつ》な表情のせいで本気に見えてしまう。すごくこわい。すっごくこわいよ。ちびりそうだよ。

「れ、レオナルド様、私は」

「大丈夫。そんな事しないから」

よかった！

思わず涙が出そうになった。なんてったって顔がマジだったから。

そうこう言っている間に馬車は王宮に着き、私たちは全員レオナルド様の執務室に集まった。身体が汚れているため、怪我を診るついでに入浴させてもらい、服も新しいものに変えた。泥が付いている状態だったから綺麗になって少しだけ嬉しい。帰ってきた、と思えてやっと身体の力が抜ける感じがした。

「さて、まずは報告をしてもらおうか」

アマンダとマイセン様がお茶の準備をし、それが終わった頃を見計《みはか》らってレオナルド様がそう切り出した。

その表情は真剣で、冗談でも言ったら殺されそうだ。

「まずは私からご報告致します」

アマンダが初めに声をあげた。

「殿下とマリアンネ様が奥へ向かわれた後、キャサリン様とダヌア様、そして私の三名で別のルートへ入り、森の奥へと進みました。先へ進むと開《ひら》けた見通しのいい場所があり、そこで散策する事になりました。殿下と別れてから時間にして三十分も経っておりません」

アマンダは淡々と場所と道順を説明し始めた。すごくわかりやすく説明してくれるのは助かるけど、私とダヌア様の会話の内容もつぶさに報告していてちょっとどうかと思うの。

「キャサリン様からダヌア様を頼まれてから、すぐの事です。微かに音が聞こえました」

「……音？」

「ああ、それなら俺も聞こえた」

それまで静聴していたダヌア様が手を挙げ、話に乗る。

「本当に微かだ。少しでも風が吹いていたら聞こえないほどの小さな音」

「――恐らく犬笛かと。それとコレが現場付近に落ちていました」

アマンダが取り出したのは乾燥した草で、とても小さく、微かに花の香りがした。あのとき、鼻を掠《かす》めた香りだった。

「なるほど、麻薬か……」

「え!?」

麻薬ってあの麻薬よね。どうしてそんなものがあんな草原に？

「鼻の効く犬ならその程度の量で十分狂うだろうな。犬笛で操り麻薬で凶暴化させる。ハッ、よく考えてるぜ」

ダヌア様は憎々しげに言う。

「確信はありませんでした。だけどキャサリン様を囲んでいる犬を見て、やっと理解に至ったというところです」

言い終わると彼女は私に深く深く頭を下げて詫びた。

「お嬢さまを危険に晒《さら》した私にどうか罰をお与えください」

顔を上げる事なく言うアマンダの拳からは、握り締めすぎたのか血が滲《にじ》んでいた。アマンダは後悔している。これからも後悔し続けるかもしれない。主人を守れなかった事を。

私が反応する前にダヌア様も立ち上がり、そして深く頭を下げた。

「俺にも罰を与えてくれ。今回は彼女より俺に非がある。こいつにキミを任されておきながら目を離した。決して許される事じゃない」

「や、やめてください。王族がそう易々《やすやす》と頭を下げるものではありませんっ」

「いや。絶対あってはいけない事があったんだ。この程度で済むとは思っていない」

私の制止をよそに彼は頭を下げ続ける。野犬に襲われた危機から今度は王族に頭を下げさせた不敬罪の危機に見舞われる。ひぃ、本当にやめて欲しい。

「私は大丈夫ですから！　ちゃんと二人が守ってくださったから！　だからちゃんと生きてますし、謝る事はありませんっ」

確かに見た目はぼろぼろでも、彼らが思うより軽傷で、私自体はピンピンしている。体力が犬よりなかった。ただそれだけだ。

「アマンダもありがとう。大丈夫よ」

「でも」

「助けてくれた事、一生忘れないわ」

顔を上げたアマンダはまた目に薄く涙を溜めながら、何度も頷いた。


「犬に関しては今軍部で調べさせているが、恐らく野犬ではなく軍用犬で間違いないだろう」

レオナルド様がそう言うと、マイセン様が持っていた書類を読み上げた。

「現在調査中ですが、森の塀には異常はありませんでした。ですが、塀の周辺の土を大きく抉《えぐ》った場所があり、その穴を潜ると塀の中へ繋がるようになっていました。恐らく、そこから犬を敷地内へ入れたと思われます」

「となると、事前に穴を掘るなどして用意しておかないといけないですよね？　その犯人は最初から犬を内部へ侵入させるのが目的だったという事ですか？」

「敵の目的は私か、キャサリンだろうな」

平然とそう言うレオナルド様は動じる事なく、だけど瞳には静かな怒りが宿っていた。

＊　＊　＊

あれから私はしばらくの間、療養のために、休学する事になった。療養といっても怪我自体は大したものではなく、頰の擦《す》り傷と爪が欠けたぐらいだ。要は、怪我で休むというよりは身綺麗になるまで姿を現しませんわよ、という貴族令嬢らしい理由だ。——というのが表向きの言い訳で。

実際のところは、私の安全が確保できるまで外出禁止令が出たのだ。レオナルド様から。

今回狙われたのが私なのか、レオナルド様なのか、まだ把握しきれていない。そのために恐れ多い事に、自宅ではなく王宮に滞在して療養という破格のプランが推奨された。一回は固辞したものの否応なしに移動させられたので、もはやこれは軟禁されようとしているのではないかと疑い始めたところである。そうして王宮の奥深く、王族専用居住区域での生活が始まった。

「ごめんなさいね。毎日付き合ってもらっちゃって」

「いえ、とても光栄です。王妃様と毎日こうしてお茶が出来るなんて……」

「あら、いやだわ。王妃様だなんて他人行儀な呼び名ではなく、お母さまって呼んでって伝えたじゃない。ほら呼んでいいのよ？　呼んでご覧なさいな」

「さ、さすがにそれは――」

「呼んでちょうだい」

有無を言わせない態度でこちらを見据《みす》える王妃様は傍《はた》から見たらとても美しく尊厳があるのだが、口にしている内容は実に残念なものである。

「お、お、おかあさま……」

「まあ！　なんて可愛いの！」

王宮最深部の王族専用居住区域にある中庭に、私と王妃ロザンヌ様はいた。

休学してからは外界や特定の人物以外と接触する事を禁止され、ほぼ軟禁状態だが、暇になる事もなく忙しい毎日を送っている。

休学しているならと普段以上の難易度と量の妃教育が行われ、それをクリアしら今度は王妃様とお茶をしたりレオナルド様の執務室で会議に参加したりと、様々な難問を出される日々。疲労もさる事ながら充実感も得られる毎日を送っていた。


今日も日課である王妃様とのお茶会を終え、護衛騎士と共に部屋へ戻る途中、レオナルド様に会った。

「キャサリン、今日のドレス姿もとても可愛いよ。その花浅葱《はなあさぎ》色もキミに似合うと思って用意したけど正解だったね」

「ふふ、レオナルド様ご機嫌よう。息を吐くように褒めてくださってありがとうございます」

レオナルド様は相変わらず忙しく、同じ王宮にいてもなかなか会う事が出来ない。会議に呼ばれるときはあるけれど、ゆっくり二人だけで語らう時間はないに等しい。

寂しいかと言われると寂しくはない。

私だって忙しいのだもの。

学ばなくてはいけない事がたくさんある。学んだ先にある知識の活用法はすべて彼に委《ゆだ》ねているようなものだ。彼のために学んでいる。だから寂しがる必要などないのだ。

「ここで会ったのも運命を感じるなぁ。今ちょうど時間が取れてね。キミを誘って部屋で菓子でも食べながら休憩しようかと思っていたのだけど、どうだろう？」

「よろこんで」

そう答えるとレオナルド様は花が綻《ほころ》ぶように笑い、慣れた様子でエスコートをしてくれる。相変わらずゆっくりと歩く方だが、昔と違って今はそれが心地良く感じるのは私が絆《ほだ》されたからなのだろうか。

どこへ向かうのかと思っていると辿り着いたのは彼の部屋だった。

「さあ遠慮せず、どうぞ」

「……」

「何もしないよ」

「……」

「本当だから、ね？」

「……」

更にじっと半眼で見つめると、レオナルド様は根負けしたのか、残念そうな顔をして約束してくれた。

「わかった。座る場所は別々に、私は席を立たない。……これでいい？」

「さあ入りましょう！」

この国唯一の王子の部屋はとても落ち着いた雰囲気で、華美な物は少なく目に優しい部屋だ。特別豪華ではないが、使われている家具や小物は凝《こ》っていて使い心地が良さそうな逸品ばかり。しかもそれぞれが大切に使われていると感じ取れる。この事からだいたいこの部屋の主人の性格が伺《うかが》えるだろう。

「まったくキャサリンには負けるなぁ。勝てる気がしないよ」

「あら、私は一度嵌《は》められた身ですので。念には念を、ですわ」

以前こうしてお茶に誘われて部屋へ入ったとき、無情にも扉は閉められ、ソファは同じでいつもより座る距離が近く、襲われる事はないとわかっていても彼の一挙一動に動揺してお茶どころではなかった。

しかも何が苛立《いらだ》つかと言うと、それをレオナルド様本人が楽しんでやっているという事だ。

人の事からかうだけからかって……！

「……信頼信用を取り戻すべく、これからも精進します」

「ええ、そうしてくださいませ」

大袈裟《おおげさ》にそう言うとお互い顔を見合わせて笑った。なんだかんだ言ってこういうやりとりが楽しいのだ。

こうして私の日々は過ぎていった。


その日は珍しくフリーな日だった。

王宮に軟禁されてから忙しい日々を送っていた私は、初めて何も予定がなく、逆に何をしようか悩んでいた。

「うーん暇ね……」

「束《つか》の間の休息日がお嬢さまにかかると『暇ね』の一言になる事に私は恐怖を感じます」

「……失礼ね」

アマンダが朝食を用意している間、私は届いた手紙を確認する事にした。

休学当初は学友からの心配する類《たぐい》の手紙が多かったが、今ではそのような手紙はなく、お茶会や夜会のお誘いが専《もっぱ》らである。……お断りの連絡するのが大変だから正直やめて欲しい。

昔はよくレオナルド様と手紙のやり取りをしていたから頻繁《ひんぱん》に筆を執《と》っていたが、今ではすっかりしなくなってしまった。おかげでペンはほぼ勉強時にしか使われていない。

「……家族に手紙でも書いてみようかしら」

「手紙、ですか？」

朝食を並べ終え、アマンダは紅茶を蒸らしている。傍《かたわ》らに置かれた砂時計はさらさらと動いているが、アマンダはそれに目をやる事はなく完璧に紅茶を淹《い》れた。あの砂時計は意味があるのだろうか……

「素敵な案ですね。きっと喜ばれますよ。伯爵家一同、お嬢さまからの連絡を心待ちにしているでしょうから。特にケビン様とニコル様はお嬢さまに会いたくて仕方がないのではないでしょうか」

「そうね。ニコルもケビンもきっと心配してるわ。説明もなくこちらへ来てしまったし……」

怪我をしたあの日から私は家へ帰っていない。怪我の具合もすべて王宮で診《み》てもらったし、荷物はレオナルド様から説明を受けた父がすべて用意して持って来てくれた。

ただでさえシスコンが過ぎるケビンの、心配を通り越して怒っている姿が目に見える。レオナルド様の悪口とか言ってないといいのだけど……

「あの群青色の便箋《びんせん》って此処《ここ》にあるかしら？」

「ああ、あの花柄の便箋《びんせん》ならありますよ。他にも数種類ご用意出来ますがいかがしますか？」

「ん、じゃあ他のも持って来てくれる？」

「はい。皆さまに似合う物を選んできますね」

朝食後、私は早速届いた便箋《びんせん》に手紙をしたためた。

ある程度はレオナルド様から報告があっただろうが、家族が私を最後に見たのは遠足の当日だ。無事だと言われても、姿を見る事も話す事も出来なければ不安は募《つの》るだろう。しかも秘匿《ひとく》案件が多いために詳細が聞けない事もあってきっとひどく心配しているだろうから、怪我の具合と王宮での生活を当たり障《さわ》りなく書いておいた。

それぞれに手紙を書き終えて封をする。

垂らした赤い蝋に軽く力を入れてスタンプを押す。ゆっくり持ち上げるとそこには見事な紋章が押されていた。

このシーリングスタンプは、ここへ来たときにレオナルド様から渡されていたものである。とても緻密な百合の紋章は一朝一夕では到底用意出来ない代物《しろもの》だ。つまり彼は私がここへ来る前からそれを用意していた事になる。

本来なら私が嫁いでから使う予定の物という事よね。……ちょっと用意するの早過ぎでは？

レオナルド様の意図を汲み取って思わず身震いをしていると、扉がノックされた。

アマンダが対応をすると、そのまますぐにこちらへやって来た。普段無表情の彼女には珍しく柔らかい表情だ。

「ちょうどよかったですね。手紙の送り先が直接受け取りに来たようですよ」


「ケビン！」

「姉さん」

応接室へ入室するとそこにはきちんと着飾ったケビンがいた。

私は嬉しくなって彼に駆け寄った。

いつもの如く、ぎゅっと抱きしめるとケビンはむず痒《がゆ》そうに頬を染めた。

「嬉しいわ、ケビンが会いに来てくれるなんて」

「僕も姉さんに会えて嬉しい。すっごく心配してたんだよ。出かけたっきり帰ってこないし、怪我までしたって聞くし、僕たちがどれだけ心配したか！　姉さんはいつもいつも知らないうちに怪我して毎回それを隠すし……。一体いつになれば僕たち家族を頼ってくれるの。せめて僕にくらい言ってくれてもいいのに。それとも弟だから頼り甲斐がないと思われてる？」

「え、いや……、そんな、そんな事はないわ。いつも頼ってるわ。頼りっぱなしよ」

息を荒くして怒るケビンにしどろもどろで答えると、いつも子供じゃないと主張するケビンには珍しく、頬を膨らませた。

「……頼ってないよ。姉さんはまだ僕の事、可愛い子供ぐらいにしか思ってないでしょう。僕だって男です。いつか姉さんを守れるようになるんだから。安心して背中を任せられるぐらい頼り甲斐のある男になるからね、絶対！」

「う、うん」

どうしよう、弟のシスコン度がレベルアップしている……

「――それで、会いに来てくれたのはとても嬉しいのだけど、何かあったの？」

今の私は外部と接触禁止だ。

それは家族であっても同様で、こうして会いに来るのも色々と大変なのだ。その面倒な手続きを取ってまでここへ来るという事は、それなりの理由があるのだろう。

ソファに座り直して改めて話を聞く姿勢になると、ケビンは少しだけ身を寄せて小声で話し出した。

「実は姉さんに預かり物があって――」

ケビンがジャケットの内ポケットを触る。見るとそこは不自然に膨らんでいた。

「セドリックから手紙だよ」

「セドリックが？」

目線だけで周囲を見渡すと、アマンダと護衛数名が壁際に並んで立っていた。距離があるから会話は聞かれないけど行動は見られているだろう。

……ふむ。これは小芝居を打つのが最善ね。

「――あっそうそう。ちょうど良かったわ。私、アナタたちに手紙を書いたのよ。家族全員分あるから渡しておいてくれるかしら？」

少しだけ声を張ってそう言うと、ケビンは察したようで、私から手紙を受け取るタイミングでセドリックからの手紙を重ねて、一通だけこちらへ寄越《よこ》した。

「これ宛名《あてな》がないよ。書き直して送ってよ」

「あら、本当！　ごめんなさい、またあとで出すわね」

無事に手紙を受け取り、少しだけ雑談をしたあとケビンは帰って行った。

私はハラハラしながら応接室を出たが、アマンダも護衛騎士も何も言わなかったので手紙の件は気付いてないと思う。

私の部屋がある王族専用居住区の手前には広い回廊があり、廊下で囲われるように中庭がある。

この時期は花が咲き誇り、とても綺麗でベンチに座って眺める事も多々ある。それに王族専用居住区の側《そば》だからなのか、限られた人間しか来る事はない。だから安心していたのだろう。

だが、私はそこで信じられない人物に出会った。

「あら、キャサリン様ではありませんか」

聞いた事がある声がして振り返ると、そこには花を背にこちらを見つめているマリアンネがいた。


「――マリアンネ様」

幻、かと思った。

だってここは王宮で、仮にも他国のご令嬢が安易に来られる場所じゃない。それにヒロインが王宮へ来るのは物語の終盤だったから。

だけど周囲の空気が一瞬にして張り詰めたものになった事から、彼女は幻ではないのだろう。

(幻であって欲しかったけど)

私が気づかれないように小さく溜め息を吐くと同時に彼女は話し出した。

「キャサリン様も王宮へいらしていたのですね。あの日以来学園に来られないからみんなで心配していたんですよ」

鈴を転がすような可憐な声、花を背に微笑む姿はまるで天使か妖精のように見える。

彼女は人々から愛されるヒロインだ。誰にでも分け隔てなく微笑み、心を癒す存在。

だから彼女の悪口を言う者はいない。

たとえ、彼女が王太子殿下の名前を気安く呼ぼうとも、婚約者がいる相手に好意を隠さない態度であろうとも。誰も彼女を悪くは言わない。

——それは一体、なぜ？

「そういえばキャサリン様はどうしてこちらに？　私はレオナルド様に会いに来たんですけど、どちらにいるかご存じですか？　探しても見当たらなくて」

頬を染めて言う彼女は愛らしく、女の私から見ても可愛いと思う。なのに、どうして彼女の口から彼の名前が出ただけで拒絶するかのように心が痛むのだろう。

彼のスケジュールはわからないが、とりあえず彼女がここにいるとよくない事はわかった。

「……念のために聞きますけど、レオナルド様とはお約束をしていらっしゃるの？」

あえて彼女からの質問に答えずにそう聞くと、マリアンネは少し俯《うつむ》いてから迷子のように小さな声で話し始めた。

「今日伺《うかが》いますって学園でお伝えしたんですけれど、お返事を聞く前に帰宅されたって聞いて……。ご迷惑かなぁと思ったのですが。あ、でもレオナルド様の事だから、私が来る事はわかってるかもしれません」

頬を染めながら言う彼女に絶句した。何を言ってるんだこの女は。

ツッコミどころは沢山あるけれど今は我慢、我慢よキャサリン。

「ここまではどうやって来たのです？」

「ここまでですか？　入り口にいた騎士様にレオナルド様の場所を聞いたら、こちらだって言われたので」

「……聞かれたのはそのお一人だけですか？」

「いえ、その、王宮が広いものですから迷子になっちゃって。先程途中まで案内してもらってこちらへ来たんです」

この王宮で安易に王太子の居場所を教える人がいるってだけでびっくりなのに、まさか案内まですするって……。呆れを通り越して絶望よ。ヒロインだからいいものの、間者だったらどうするのよ！

（と思ったけど、ヒロインもよろしくはないな……）

背後の護衛騎士たちを見遣《みや》ると誰もが厳しい目をしていた。アマンダも微かに首を横に振る。

（調査必須か）

私は誰にも気付かれないように小さな溜め息をついて彼女を見た。

「マリアンネ様、レオナルド様は現在ご公務中ですから私が用件をお伝えしますわ」

「え、キャサリン様がですか？」

「私では不服ですか。それなら代わりの者を用意しますけれど」

「あ、いえ！　そういうわけじゃなくて。キャサリン様に頼むのは申し訳なくて……」

まごつきながら答えるマリアンネは手に持っていたポーチから何かを取り出した。

「レオナルド様にコレを……」

それは薄紫色の可愛らしい花の刺繍が入った小さい巾着袋だった。彼女の手から受け取ると微かにラベンダーの香りがした。

「これは……サシェかしら？」

「ご存知ですか？　今、学園内で流行《はや》ってるんです」

（確か以前ロゼッタが話してたかしら。あまり興味がなくて話半分だったけど）

「レオナルド様に話したらすごく興味を持ってらっしゃったから、お好きなのかと思ってプレゼントしようと持って来たんです……」

とっても素敵な顔で笑ってくださったんですよ、と頬を染めながら言うマリアンネにモヤッとしてしまった。いつからこんなに心が狭くなったのか。

（にしてもレオナルド様がこんな可愛らしい物に興味を……？）

無意識に寄った私の眉を見て彼女は勘違いしたのか、慌ててもうひとつ取り出した。

「あ、あのっ、よければキャサリン様もどうぞ。こちらはベルガモットの香りがするんですよ」

その香りはどこかで嗅いだ事があった気がした。どこだったか。

「私に渡したらあなたの分がなくなってしまうわ」

「大丈夫です。たくさんありますから」

「いえ、私は……」

受け取れないと一歩身体を引いた瞬間、背中に何かとんと当たった。

「――もらえばいいじゃないか」

声がした方を見上げるとそこにはレオナルド様がいた。

真後ろに立つ彼に、私は知らぬ間にすっぽり抱き込まれていたらしい。背中に触れたのは彼の身体だったようだ。

「れ、レオナルドさ」

「レオナルド様！　やっとお会い出来た！」

一際《ひときわ》大きく可愛らしい声を上げる彼女は、頬を染めて嬉しそうにしている。

彼は彼女を一瞥すると私を見て微笑んだ。

「キャサリンは香り袋、好きだったよね」

「確かに好きですが……」

「ベルガモットならいいんじゃないかな。リラックス効果もあるよ」

レオナルド様はマリアンネの手からサシェをもらい、笑った。

「わざわざ届けてくれて感謝するよ」

「レオナルド様が喜ぶなら私はすぐにでも駆けつけますから。いつでも呼んでください」

「あ、そうそう。出歩くときは侍女を付けるのをおすすめするよ。この国も治安は悪くないが、必ずしも安全というわけではないからね」

「心配してくださるんですね。うふふ、やっぱりレオナルド様はお優しいわ」

いやいやいや、それは心配というより不用心だと諌《いさ》められているのだと何故気づかないの……

ここまでくると、このヒロインは図太いを通り越して話の通じない残念な子という事に。小説ファンとして頼むから普通であってくれ。

レオナルド様が従者にマリアンネを送るように伝える。帰らされる気配を感じた彼女は彼の袖《そで》に縋《すが》り付いた。

「明日もレオナルド様に会いたいです。学園に来られますよねっ。ランチをぜひご一緒したくて。私、結構料理が出来るんですよ。サンドイッチとかどうですか？」

彼は可愛らしく腕に身体を寄せようとしたマリアンネの手をそっと外して、「無理だよ」と感情を覗《のぞ》かせない笑顔を向けた。

「悪いけど、明日から忙しくてね。しばらくは学園に行けないんだ」

（え、そうなの？）

「そうなんですか……、お会い出来ると思ってたのに残念です……。あ、でもどのくらいお休みするんですか？　教えてくだされればそのタイミングで――」

「さすがにそればかりは言えないんだ。悪いね」

そう言うや否《いな》や、彼は従者に彼女を渡し、私を引き寄せて歩き出した。まるでこれ以上の会話を拒絶するかのようだった。


連れ去られるようにして向かった先は、レオナルド様の執務室だった。彼は控えていた侍従にお茶の手配を言いつけると、私をソファへ座らせてから、先ほどもらったサシェを取り出し、どこからともなく出したガラス瓶にその中身だけを入れた。

蓋《ふた》をきゅっと音がするほど締め、お茶を持ってきた侍従にそのまま手渡す。

私は一部始終をまばたきひとつせずに見ながら、その行動の意味を考えていた。

そして一連の動きが終わってからレオナルド様は私の座るソファへ寄って来た。

最近の彼は、私とお茶をするときは向かいにある一人掛けソファへ座るのだが（散々からかわれた事があったので次からは同席しないと脅したら渋々諦めた）、今日は何故か隣に座った。

いつもとは違う行動に驚いていると静かに私の顔を覗《のぞ》き込んだ。

じっと観察するように見つめられると途端に居心地悪くなる。先ほどまでの平常心が逃げ出して心臓が音を出して動き出すのを感じた。

（えっと……この顔は怒ってるの、それとも悲しんでる？　わからないわ）

穴が開くほど見つめられて、あるはずのない罪状を突きつけられているかのように背中に汗が流れるのを感じる。

普段以上に距離が近い気がして落ち着かなくて、及び腰になるのは仕方がない事だろう。彼の視線から逃げるように「そういえば」と切り出した。

「明日からお忙しいんでしたよね？　それなら準備とかのお邪魔にならないように私は部屋に戻りますわ」

だからレオナルド様はご自由に――と言うつもりだった言葉は、彼の唇によって声にならずに散った。

「――キャシーを閉じ込められたら、っていつも考えてる」

離れていった唇から紡ぐようにそう告げられると、まるでそれが悪い事ではないように錯覚しそうになる。〝閉じ込める〟なんて不穏な言葉に甘さを感じるのはおかしい事なのに。

震える私をよそにレオナルド様は甘えるかのように私の肩に頭を預け、逃げ道を断つように指を絡めて握りしめた。

「心配だったんだ。彼女がここに来たと知らせが入って、急いでキミを探しに行った。彼女と会わせたくなかったから。王宮へ入れないように手配してあったのに彼女は何ひとつ問題なくあの場所に、キミの前にいた。血の気《け》が引いたよ」

「レオナルド様……」

合わさった手は冷え切っていて、日頃からポーカーフェイスを貫く彼の、あの場所で感じた恐怖が伝わってくるようだ。

「ここなら安全だと勝手に思い込んでいた」

「——安全ですよ」

「でも、現に彼女はここまで来た」

肩にもたれているから表情までは窺《うかが》えないが、声色からして不安なのかもしれない。

——昔はヒロインに、殿下に、殺されるって思ってたのになぁ。それが今じゃ同じソファで並んで指を絡ませあっている。

人生、何があるかわからないものだわ。

ナーバスになっている彼の頭に頬を寄せると、目線だけがこちらを向いたのを感じた。

絆《ほだ》されている自覚はある。けれど本当は最初から好きだった。ただただ生まれ落ちた瞬間から決

められた運命だったというのが嫌で、ひたすら逃げてきただけだ。

初めて彼を見たとき、一目惚れをした自覚はあったんだ。彼が私を殺す人だと、頭の中の冷静な私が言ったのを覚えている。けれどそれと同時に、彼を見た時に感じた心を満たすほどの喜びは、他の誰にも感じた事のない感情だった。

「それでも守ってくれるのでしょう？　レオナルド様が」

だから安全でないと困る。

そう静かに微笑んだ私をこれ以上ない力で抱きしめた彼は、きっと気付いているだろう。

私の気持ちがやっと彼のいる場所へ追いついた事を。


「……それで、レオナルド様はお忙しくて、学園をしばらくお休みなさるんですね」

「ん」

「こんなのんびりしていてもいいのですか？」

「んー」

「あの……」

「なぁに」

膝の上から間延びした声が聞こえる。

ときどき動く頭が服を擦《こす》ってくすぐったい。

私は今、何故かレオナルド様に膝を貸している。

抱擁が終わった後はお茶をしていたのだが、気がついたら膝の上に頭があった。大きいソファから長い脚がはみ出した、決して王太子殿下がする格好じゃない状態で彼は横になっている。ここ最近忙しく、お疲れだというのは聞き及んでいたので労《いたわ》る事は嫌ではない。むしろ彼の負担を少しでも取り除ければ、と思っていたのだ。

「こんな事していてもいいのですか？」

私が再度確認すると、ウトウトと微睡《まどろ》みかけていた瞳がこちらを見上げてきた。

「大丈夫。今検査待ちだから」

「検査？」

「結果が出たらまた忙しくなるけど、だからこそ今は休憩。キャサリンで充電させて」

そう言うとレオナルド様は私の髪をくるくると弄《もてあそ》び始めた。

(検査ってさっきのサシェの中身の事よね)

レオナルド様が無駄な事をするとは思えないから、ある程度の予想はついていて、あとは確証が欲しいという段階なのだろう。

私の髪の先が綺麗な三つ編みになる頃に、レオナルド様は「そういえば」と髪から視線を離さずに切り出した。

「キャサリンは浮気なんてしないよね？」

「——は？」

一瞬息が止まったのは仕方がない事だと思う。正直何を言っているのか、理解するのに時間が掛かったのだから。

（う、浮気……？　今度は何を言い出したの、このお方は）

浮気の定義とは難しいもので、前世においてもそのジャッジは曖昧だった。というのも、各々《おのおの》のルールで決めている事が多いから。友人や同僚によると異性同士で二人きりで会うのはダメだとか、まだそこは許せても手を繋いだらアウト、身体を繋げたらアウト……など、それぞれ定義の範囲が広かったり狭かったり。

かくいう私にも浮気のボーダーラインはある。私の場合は気持ちが相手にあったら、だ。恋愛感情が少しでも相手にあるのならアウト。感情が離れていった時点で別れを選ぶだろう。

だって付き合っているのが自分でも、相手への気持ちが大きくなったら振られるのはコッチでしょう？

それなら振られる前に振りたい。これは私のプライドの問題だが……

稀《まれ》に浮気をスパイスと説《と》く人もいるが、私にはただの言い訳にしか聞こえない。そもそも彼氏彼女持ちにアピールしてくるな、と私は声を大にして言いたい。

（今作のヒロインもそういう人間なんだよなあ）

なんでこういう略奪系が前世の私は好きだったんだろう。まあ、悪役令嬢が思いっきり悪役してくれて、その逆境に抗《あらが》いながら燃え上がる恋っていうのが好きだったんだろうな……

なんとなく考えを遠くまで飛ばしていたら、レオナルド様の表情が歪《ゆが》んだ。

「何考えてるの。もしかして本当に浮気？」

「へ？　え、違いますよ！」

浮気なんてとんでもない、と両手を上げると、訝《いぶか》しんでこちらを見ていたレオナルド様が起き上がり「じゃあ」と手を出した。

「……ん？」

「じゃあ見せてくれるよね」

「……何を？」

「それわかっててやってる？　私も大概心は広い方だけどキミに関しては狭くなる自覚はあるよ」

不穏な言葉を発したレオナルド様は私のドレスを見た。目線の先を理解した私は先程感じた嫌な勘が当たってしまったと少し前の自分に後悔した。こんな事になるならアマンダに預けておくべきだった！

私のドレスは特注品で、見えない位置にレースで覆われたポケットがある。つまりレオナルド様はそのポケットの中にあるセドリックからの手紙を見たいと言っているのだ。

「まだ見てないんですけど」

「そうなんだ。まあ弟君を遣って渡してくるぐらいだもの。熱烈なラブレターだと嫌だし、早いところ預かるつもりだったたからね。読んでないなら好都合かな」

(くっ、この言い分だと内容によっては見せてもらえなさそうだわ)

警戒するのはもっともな話だが、私がモテるというのはあり得ないと思うの。

ああ、でもどうしよう。セドリックからだとすると絶対事業関連の事よね。それをレオナルド様に見つかるのはとても危険な気がする。ずっと隠してきた事だし、王宮に提出する起業申請だってお父様の名前で出してるんだもの。このままじゃ公文書偽造罪に当たっちゃう？　え、私捕まるの？

「ほら、今の状況は賢いキャサリンなら理解してるよね？　キミに届く物はすべて確認しなくちゃいけないんだよ。だから――ね？」

小首を傾げながら言い聞かせるように語りかけてくるレオナルド様のなんと美しい事か。

ええ、わかっています。この試合は気づかれた時点で負け戦なのです。知っています。知ってますとも……

渋々渡す際に「問題がない手紙なら見せて欲しい」と交換条件を出したらあっさりと承諾された。え、いいの？

「問題がないならね。私はキャサリンの交友関係でとやかく言うつもりはないんだ。今のままのキミが好きだから」

レオナルド様は封筒の中身を取り出すと一枚ずつ確認してから読み始めた。覗《のぞ》いている訳じゃないので内容はわからないが、結構な文章量だった。

やっぱり時期的な事を考えると収支報告が主だと思うのよ。きっと簡単な数字からレオナルド様の優秀な脳味噌によって、私がどういう運営の仕方で収益を得ているか、白日の下《もと》に晒《さら》されるんだわ。

読み進めるたびに響く紙の擦れる音が、私の首をギリギリ締め付ける音に聞こえる。

なんて言われるんだろう……、ああ、首の次は胃が痛い。

「――なるほど」

手紙からゆっくり顔を上げると感嘆とも取れる声をあげた。

「なかなかいい文章だったよ。このセドリックという彼には褒美を与えたいぐらいだ」

「……私も見ても？」

「うん、いいよ。――あ、でも」

おずおず尋ねるといつもと変わらぬ笑顔だったので、ほっとして受け取ろうとしたら、突然手首を掴《つか》まれてこれ以上ないぐらい引き寄せられた。

「この一部の内容に関しては後で詳しく、詳しーく話し合おうね」

「っ、はい！　もちろんです！」

目の笑ってない笑顔が怖い！


「――これが以前入手した物です。そして今回、マリアンネ・ブラウンが持ってきた物がこちらになります」

「……やっぱりな」

「完全に一致するようだね」

「はい。数値も一致していますし、間違いないでしょう。精製方法もおそらくは同じではないかと思います」

執務室の大机に並べられた大中小の瓶と様々な数値やグラフが記《しる》された書類、精製されたと思われる液体が入った瓶からは微かに花の香りが漂《ただよ》っている。

「――これが麻薬、なんですか」

それは私が半ベソをかきながらレオナルド様に事業の説明をしているところから始まった。

静かにノックされた扉から入ってきたのはマイセン様とダヌア様、そして白衣を纏《まと》った数名の、トルーク問題対応に抜擢されたメンバーだった。

彼らの表情は硬く、物々しい雰囲気から集まった理由が垣間見《かいまみ》える。

結果報告と称した緊急会議の内容は、やはり先程マリアンネからもらったサシェの中身だった。

今回マリアンネにかかっている容疑は合成麻薬の製造、服用、所持、もしくは密輸販売だ。

麻薬自体は薬として使用される地域があるため、すべてがすべて違法というわけではない。扱うには免許を取得しなければならないが、一部の医師や薬剤師は所持している。

今回問題となっているのは合成麻薬。つまり意図的に作用を高められた麻薬である。これについては国で全面的に禁止されている。だが、陰で扱う者は後を絶たず、これによる犯罪や廃人、死亡する人が多く出ている。近年では国際問題に発展するほど悩まされている存在である。

「サシェの中に含まれる植物の葉や茎《くき》、種などを検査した結果、国で定められた栽培禁止植物が混入されていました。この植物は自然に生える事はまずありません。ほとんどの植物を国が刈り取って焼却している。よって入手も非常に困難。これを手に入れようとすると他国から取り寄せるしかないでしょうね」

マイセン様は報告書を提示しながら言葉を続けた。

「この麻薬は多幸感や高揚感といった気分を向上させる事が出来る一方、副作用が非常に強い。副作用としてあげられるのは三点。ひとつ目は幻覚、幻聴作用がある事。二つ目は依存性が高く薬物依存症になりやすい事。三つ目は催眠状態に陥《おちい》りやすくなる事」

「危険すぎるわ。そんなものが学生の間で流行してるなんて……」

ラッキーアイテムとして流行しているサシェをどうにかして回収しなければならない。

「実は他にも問題がある。……キャサリンはこの香りを覚えてる？」

レオナルド様はそう言って液体の入った瓶を私の鼻先に近づけた。

「少量なら平気だから少しだけ嗅いでみて」

それは部屋中に漂《ただよ》う微かな花の香りの元凶で、以前どこかで嗅いだ事のある香りだった。

(ん？　これって)

「学園……？」

「正解」

満足げに言うダヌア様は花瓶を取り出した。

花瓶の水に精製した麻薬を溶かして学園中に散布する。この方法なら怪しまれる事なく身体に麻薬が浸透していく。学園中隈なく漂《ただよ》う香りに身体は慣れ、徐々に生徒らは麻薬を欲する身体へと変化させられるだろう。中毒者へと着実に。麻薬に支配された精神は脆《もろ》く支配されやすい。

「サシェに加えて学園内での麻薬の蔓延《まんえん》……、こんな大量に麻薬を摂取したら中毒になる可能性が高くなりますよね。すぐに回収をするべきでは」

「ああ、一刻も早く回収するべきなのはわかっている。だが学園内の協力者を炙《あぶ》り出すのが先だ」

レオナルド様は苦しげな表情を見せた。彼も本来ならこんなやり方をしたくないのだろう。しかし早期解決させるにはそう決断する必要があった。

学園内にマリアンネの仲間がいる。

それが教師なのか生徒なのかはまだ不明だが、おそらく教師の可能性が高い。彼女に優位な噂を流し、レオナルド様の居場所を教え、遠足のグループに捻じ込む事が出来る立場の人間。学園すべてに麻薬をセットするには彼女一人の力では到底無理な話である。

(教師にマリアンネの仲間がいるとなると生徒たちが危ないわ)

どうにかしないと。

「安心して。学園内の麻薬に関しては中和剤を既に仕込んである。残る問題はサシェを個人的に所持している生徒たちだ。これに関しては早急に対処をしなくては」

把握出来次第、内密に接触して中和剤を渡す予定になっているらしい。

中和剤は以前入手した麻薬をもとに作られており、万が一、種類が異なってもある一定の効果は見込める。だが今回の麻薬と一致した事でより効果が期待出来るという。レオナルド様が有能で本当よかった。さすが完璧超人だわ……

「マリアンネ・ブラウンは麻薬の力で自分に優位な環境を作った。他国の子爵令嬢が本国の伯爵令嬢に喧嘩を売っているんだ。本当なら非難される立場であるのに彼女はキャサリン嬢より優位に立っている。なぜだと思う」

ダヌア様の言う麻薬の力が副作用につながるのであれば、それは……

「――催眠状態」

「そうだよ、キャサリン。あの香りに支配された人間はいとも簡単に操れる。たとえそれが事実とは異なる嘘であってもね」

そうだ。そうだった。なぜ忘れていたのだろう。

学園で私は噂をたくさん聞いたじゃないか――

『王太子殿下とマリアンネ様ってとてもお似合いよね』

『先日なんて空き教室で抱き合っていたのを見たぜ』

『きっとあの二人は愛し合っているのよ』

『キャサリン様よりマリアンネ様の方が王太子妃にふさわしい』

――たくさん、たくさん聞いたじゃないか。

そして後ろ指を差されながら聞こえないフリをして生きてきたじゃないか。

蘇《よみがえ》る記憶に恐怖した。それはまるで昨日の事のように感じる。

「キャサリン」

「っ……レオナルド様」

「大丈夫だよ」

震えていた掌《てのひら》を彼の手が優しく包み込んだ。柔らかく微笑むレオナルド様を見ると不安が消えていくようだった。

――麻薬は違法だ。

それは我が国オータニアでは小さい子供の頃から学ぶ事。特に平民で貧しかったり孤児院などに身を寄せたりしている人々は、その手の闇に染まりやすいという。不安や不満は麻薬を始めるきっかけになる事が多く、そういった人々はなかなかそれらから手を離す事が出来ない。

麻薬に関する案件は深刻で、数年前には依存症が深刻な人を治すためのリハビリ施設が建設されたぐらいだ。

今回製造された麻薬は調査の結果、高揚感、多幸感、酩酊《めいてい》状態などをもたらす一方で、異常なほど依存性が高いらしい。服用しないと頭痛や身体的機能の低下などの副作用が非常に多く見られ、運が悪いと意識を失ったり命を落とすところまでいくという。

「キャサリンは覚えてるかな、入学式に彼女が倒れた事」

「ええ、覚えています。……壇上にいましたから」

物語の冒頭、ヒーローとヒロインの再会シーンだ。前世では大好きだったのに、今世は思い出すだけでひどく嫌な気持ちになる。目の前を彼が通り過ぎたあの瞬間、確かに私は絶望を感じたから。

「実はあのとき、既に彼女には警戒していたんですよ」

「え?」

「まあ、それを言うとオータニアに入国する以前からだけどな」

「――は？」

（何を言ってるの二人とも。え、というか、みんなその表情はなんなのよ）

マイセン様にダヌア様、その他のメンバー全員が訳知り顔で頷く。

待って、私はてっきりマリアンネが学園に入ってから怪しいと思っていたけど違うの？　入国する以前って、彼女がバーゴラにいたときから？

でも、そんな馬鹿な。だってそんな話、小説には出てきていない。

「彼女が倒れたのは禁断症状によって発生する意識障害だったんだ。一見貧血のように見えるけどね。実際その症状を見るまで確証はなかった。だからこそ彼女を急いで救護室へ運び、隔離する必要があったんだ」

あのとき、レオナルド様が自らマリアンネを運んだのは検査をするためで、万が一、彼女の仲間がいた場合、逆らう事が出来ない人間が一緒にいる必要があった。彼女が倒れた事はこちらにとっては好都合で絶好の機会を失いたくはなかった。そして検査によって彼女が依存症になるほど合成麻薬に蝕《むしば》まれている事もわかった。

彼女の症状はひどいものだった。

なんでもマリアンネは、『自身は亡国の王女で本来であればレオナルドの婚約者だ』と思い込んでいるらしい。レオナルド様本人にもそう発言するときがあるらしく、不審に思った彼は『亡国』について調べた。その国は確かに存在したが王女の記載はなかった。それにその国は国民全員が黒目黒髪であり、マリアンネのような色合いは珍しい。ましてや王家と血が繋がっている可能性はないに等しかった。

「じゃあレオナルド様に好意を持っていたのは……」

「思い込みか、もしくはバーゴラに唆《そそのか》されたのか。どちらにせよ、妄想に支配されてるね」

亡国の王女だと思い込んでいるのなら、彼女が自分こそレオナルド様の隣に立つべきだと思うのは当然なのかもしれない。

(なんだか小説の話とは全く違う展開になっててすごく戸惑う……)

だって私が知ってる物語はこんな話じゃなかったんだもの。ヒロインとヒーローの甘い恋愛ストーリーだったはずなのに。

まさかこんな話だったなんて誰が想像つくのよ。

「まあ問題はマリアンネ・ブラウンだけじゃなくて彼女の背後に潜む黒幕だ」

「黒幕……」

「麻薬担当のマリアンネ・ブラウン、そして武器密輸担当のダルトワ伯爵。その両名が仕《つか》え、忠誠を誓う者」

あまりにも大きい話に目眩《めまい》がしそうだ。

そんな私を気遣いつつレオナルド様は話を続けた。

「私がバーゴラで監視される前、トルークの噂に加えて彼女の話も耳にした。貴族が街で働いていると。変わっているなと思って見に行ってみたんだ」

マリアンネは市井《しせい》で雑貨屋を営んでいた。お菓子や紅茶や、アクセサリーなどの小物をはじめ、商品は幅広く揃えられており貴族にも平民にも人気だったらしい。

店内は身分に関係なく全員が笑顔で楽しんでいたようで、レオナルド様は珍しいと感じたらしい。貴族の中には平民と同じ店で購入をする事を嫌う人もいるからだ。

そして彼女の店には頻繁《ひんぱん》に荷物が届いていた。……それがオータニア産の紅茶箱だ。

「もしかして、トルークの件って」

「ご名答。さすがだキャサリン」

トルークから出荷された荷物はすべてマリアンネのアトリエに届いており、彼女はそれを使って麻薬を精製していたようだ。

鬱蒼《うっそう》とした人の寄り付く事のない山の中でバーゴラは麻薬の原料を栽培していた。しかもそれを精製して販売するだけではなく、オータニア産の紅茶箱に入れて出荷しているという狡猾さ。確かに紅茶箱ならば表面に茶葉を敷き詰めればカモフラージュになる。

店も雑貨屋とする事で茶葉でも麻薬入りサシェでも、何を取り扱っても不自然ではなくなる。

「バーゴラはマリアンネ様を使ってオータニアに麻薬を蔓延《まんえん》させようとしている、それは一体なぜ……。密輸という危険を冒してまでオータニアに持ってくる理由って」

「……戦争のためだろうな」

それまで黙っていたダヌア様が真剣な眼差しで言った。

「学園はバーゴラにとって実験するための環境だった。あいつらの狙いはオータニアに麻薬を蔓延《まんえん》させる事。麻薬によって兵や国民を弱らせたところに攻め込む算段なんだろう。そのシミュレーションを学園でやってるに過ぎない」

「……っ」

バーゴラはここまで地に落ちたのか。

王妃の我儘《わがまま》だか王の暴走だか知らないが、なぜ一部の欲望で多くの民が傷つかなければいけないのか。

悔しがる私の頭をレオナルド様が優しく撫《な》でた。まるで落ち着かせるような動きだった。

「……それと以前キャサリンを襲った犬。あれはバーゴラの軍用犬だった。識別番号付きの首輪は外されていたけれど、訓練士に確認したら間違いないと。まあバーゴラ側は犬は窃盗にあったと言っているけどね」

「じゃあやっぱり狙われたのは私、ですか」

「……残念ながら」

今までの報告を聞く限り、マリアンネが私を妬《ねた》み、殺そうとしたと考える方が自然だった。バーゴラにとってレオナルド様はマリアンネに与えるご褒美で、そのために私は邪魔なのだ。

その後の捜査で彼女が王族専用居住区域付近へ易々《やすやす》と進入出来たのは、予想通り騎士の中の数人が麻薬を嗅がされたのが原因だった。本来であれば麻薬所持でマリアンネを現行犯逮捕できる案件だが、ダルトワ伯爵を確実に捕まえるために、敢えて泳がせる事となった。

近衛騎士の再教育と今後の対応策が決まり、特にマリアンネの存在は要注意人物として王宮内の騎士に通達された。二度とこのような事がないように。


「キャサリンは今後もしばらく王宮に滞在してもらう事になるけど、何か不満はないかな？　改善出来る事は改善したい」

「いいえ、特にはありませんわ。むしろ快適過ぎて不満どころか贅沢に慣れてしまいそうで……、それが怖いです」

「じゃあこのまま婚姻までここで過ごすのはどう？　ぜひそうして欲しいな。そうすればいつでもキャサリンに会えるし、私も今以上に政務が捗《はかど》りそう」

「え、いや、それはちょっと……いかがなものかと」

目がマジなのが怖い。


実はセドリックからの手紙には、事業に関しての報告書の他にもうひとつ手紙が封入されていた。

それは乗客リストと荷物リストである。

これらは万が一トラブルがあった場合の対応のために作られたもので、よくあるのが荷物の取り違いなどだ。降車する際にリストを照らし合わせればミスも少なくなるし、乗客も安心して荷物を預けやすくなる。……それにこんなときのために必要なのだ。

その手紙にはこう書かれていた。

『――最近になって急増した紅茶箱について。……預かり受ける荷物の中に同一の紅茶箱が増えました。依頼人は毎回異なり、業者というわけではなさそうで皆私服を着ています。でも降車する場所はいつも同じです』

そう綴《つづ》られた手紙は私宛とは思えないほど丁寧に書かれており、どう考えてもレオナルド様が見るであろうと想定して書かれてあった。普段の読み辛い癖字は何処《どこ》へやら、こんな美しい字も書けるの？　と代筆を疑いそうなほどである。こんな綺麗な字が書けるなら普段から書きなさいよと、次に会ったら文句のひとつでも言ってやろうと思う。

更に手紙にはこれまた丁寧に地図が描かれており、そこには三ケ所ほど怪しいと踏んでいる場所が記《しる》されていた。

周囲に紅茶を提供するような店がない事と頻繁《ひんぱん》に大量の紅茶が運ばれてくる事を疑問に思ったんだろう。

（さすが情報屋だわ）

優秀すぎて普段料理番として通ってくれている方がおかしいぐらいだ。

今後の目標は、学園内に潜む協力者の特定と武器の密輸に関与するダルトワ伯爵を見つけ出す事。そしてマリアンネが麻薬を隠し持つための アジトの発見。

ダルトワ伯爵は滅多に人前には現れないらしい。けれどレオナルド様には何か考えがあるようで……。残る問題はマリアンネと協力者に絞られていた。

今回の情報が示している場所は、彼女のアジトの可能性が高い。レオナルド様は早急にそれらの情報を精査するよう指示した。

＊　＊　＊

「マリアンネ・ブラウンが襲われた……？」

レオナルド、ダヌア、マイセンが集《つど》う執務室に走ってやって来た者は、汗が流れ落ちるのを気にも留めずに話し出した。

「はい。報告によると本日早朝から侍女も連れず一人ブラウン家所有の馬車で市井《しせい》へ出かけたようで、何ヶ所か店を見て回ったのち、結局ひとつの店舗でドレスや宝石類を購入していました。店から馬車へ荷物を積んでいる最中に強盗に襲われたようです。マリアンネ・ブラウンは顔と腕に擦《す》り傷を、一緒にいた御者は腕を折られています」

「へえ、随分早起きな強盗だな。こんな朝早くからご苦労なこった」

ダヌアが書類を睨《にら》みつけながら気怠《けだる》そうに言った。陽が昇る前から仕事をしているせいなのか、マリアンネの名前を聞くと目が据《す》わるようになってきた。

そんなダヌアを横目にレオナルドは報告に来た部下に尋ねた。

「襲われたのが店の前、それも馬車付近だとすると物盗りの可能性が一番高いけど」

「はい。我々も最初は金品強奪が目的だと思いましたが、監視していた部下によるとどうも様子がおかしかったそうです」

「おかしい？」

話によるとマリアンネが一番最初に強盗に気付いたらしい。そして男たちに突き飛ばされて道路へ転がり倒れた。そのときに顔と腕を擦《す》り剥《む》いたようだ。

傷自体は大したものではなかった事から、彼女は急いで立ち上がり、周囲にいる人々や店にいる人に大声で助けを求めたらしい。……と、一見何も不自然な点はなさそうに思える。だが冷静に考えるとおかしな点はあった。

それは襲われた順番だ。

マリアンネと御者がいる場合、どちらが非力かというと確実に女のマリアンネだろう。それが貴族令嬢なら尚更で、普通であれば抵抗されると厄介な男の御者を先に狙うはずなのだ。だが強盗は先にマリアンネを襲った。

しかも彼女は擦《す》り傷だけで済んでいる。

「その強盗は金品を盗んで去ろうとしたところ、巡回中の警ら隊に現行犯で捕まったそうです。取り調べも警ら隊が行う予定でしたが、念のためこちらへ移送しています」

「ありがとう、とてもいい判断だよ。少しでも彼女に関わった人間は監視するに越した事はない。マリアンネ・ブラウンの監視も引き続き頼んだよ」

レオナルドは彼を労《ねぎら》うと朝日がキラキラと輝く外を見た。——今日は荒れそうだ。

「きっと碌《ろく》でもない事を考えているんだろうね」

窓の外を見やるレオナルドの表情にはキャサリンには見せた事のない類《たぐい》の笑みがあった。


報告から三十分後、強盗たちが運ばれてきた。

男三人組でみなゴロツキだとわかる見た目をしていた。

一般には知られていないが王宮には地下牢があり、その場所には一部の人間にしか辿り着く事が出来ない。そんな陽の当たる事のない埃臭い場所に押し込まれた男たちは、自分たちがなぜ窃盗や恐喝の罪を犯した者を収監する牢ではなくここにいるのか、わかっていない様子だった。

先ほどから鎖の擦れる音と足で檻を蹴り上げる音、そして男たちの怒号だけが暗い地下牢に木霊《こだま》していた。

「オイ！　ここから出せ！　なんで俺たちがこんなとこ入れられなきゃいけねぇんだよ！」

「聞いてんのかオイ！」

檻の前でレオナルドは椅子に座り、彼らの様子を見ていた。その瞳は観察しているような無機質なものだった。

そんな彼に男たちは唾《つば》を吐きかけながら叫ぶ。

「テメェさっきから黙って眺めてやがって、なんか言ったらどうなんだ！」

「貴族が偉ぶってんじゃねぇぞ！」

レオナルドが沈黙を貫けば貫くほど彼らは頭に血が上るらしい。両手足を鎖で縛り付けられているにもかかわらず、根性で檻を蹴っている状態だ。

「落ち着けよお前ら」

牢屋の奥、壁に寄りかかり様子を見ていた男が仲間二人を宥《なだ》めながらレオナルドを見た。

彼は他の二人と違って少し余裕があるらしい。

「なあ、俺たちをここから出してくれよ。俺らは頼まれてあの女を襲っただけなんだよ。盗みだって未遂で終わったんだ。出してくれてもいいだろ」

男はレオナルドに頭を下げながらそう言った。だが、レオナルドはなんの反応も返さなかった。

「確かにあの御者の男の腕を折ったのは悪かったよ。でもあいつは俺らと一緒で平民だろ。お貴族様じゃねえ、こんな御大層なところへ入れるほどの事じゃねぇだろ。なあ頼むよ」

男は再度レオナルドに頭を垂れるが、不気味なほど反応がない。

ここまでは目隠しをされて連れて来られたから、男たちは自分が今どこにいるか把握出来ていなかった。警ら隊の牢ではない事は予想出来るが、この目の前の男は何者なのかがわからない。

その後も何度かレオナルドに話しかけるが、こちらを見つめるばかりでなんの反応もない様子に男たちはどんどん不安になっていく。

地下牢という特殊な環境の中、ランプのみの光源で男たちは少しずつ精神を削られていった。

「そ、そうだっ、取引しようじゃないか」

「…………取引？」

そこで初めて返事をしたレオナルドに、男たちは飛び上がらんばかりに喜んだ。

「い、依頼人が知りたいだろう？　俺たちも仕事だ。本来なら依頼人を明かす事はしねぇが、今回は特別だ。依頼人を教える代わりに俺たちをここから出してくれ！」

「依頼人ねぇ」

レオナルドは横目で男たちを見つめながら考えている。

そんな彼の様子を見て、男たちは勝算があると思ったのだろう、畳み掛けるように「頼むよ！」と叫んだ。最初の噛みつく態度は何処《どこ》へやら、ここから出られるのならプライドなどかなぐり捨ててもいいと思うようになっていた。当初の予定とは違うが、ここにずっといるよりはマシだ。早くここからトンズラして陽の下に出たい。

こちらを見て考えているレオナルドが話し出すのを男たちは辛抱強く待った。それが数秒なのか数分なのか、はては何時間なのか、暗闇に支配されている環境下では何ひとつ把握する事が出来なかった。

たまにどこかで水が垂れているのか、ぴちゃんぴちゃんと滴《しずく》の音が聞こえ、ランプがジジッと微かな音を立てる。そんな音だけで出来た世界にいる目の前の男は暗がりでもわかるほど綺麗だった。本当にここが何処《どこ》だかわからなくなる。汚くて暗い地下に似合わない綺麗な男。すべてがチグハグに感じて男たちは徐々におかしくなっていった。

「レオナルド様、お時間です」

「そう」

音もなく現れたマイセンに男たちはデカい身体をビクつかせた。いつからそこにいたのか。

マイセンがレオナルドの耳元で言葉を囁《ささや》く。レオナルドは頷き、椅子から立ち上がった。男たちは焦った。まだ返事をもらっていない。

「ま、待ってくれよ！　取引はどうなるんだよ！　知りたくないのか！」

鎖を揺らして叫ぶ男にレオナルドは無表情から一転して嗤《わら》った。

「君だけは連れてってあげようか」

――真ん中の君だ。

レオナルドはマイセンに指示をすると牢を開け、取引を持ちかけた男を出した。男は歓喜した。自分だけは助かると。ただそれは男の勘違いに過ぎなかった。

「君だけは雇い主が違うだろう？」

男の大きな身体が震えるとレオナルドはおかしそうに嗤《わら》った。

「なぜだなんて聞く必要もないだろう。答えなんて明白だ。他の男たちはマリアンネ・ブラウンを襲い、偽の犯人の名を語る。キャサリン・レイバーに依頼されたのだと。しかし実際にそれを依頼してきたのはマリアンネ・ブラウンだ。彼らはそれしか知らない」

見ていればわかる、とレオナルドは言った。

レオナルドは男たちが牢へ着いたときからずっと観察していた。余裕を見せていたのはこの男だけだったのだ。つまりそれ以上の情報をこの男は知っている。

「さて他に何を知ってるのかな。君を外に出すだけの有益な取引が出来るのだろう？」

例えば――ダルトワ伯爵の居場所とか。男の耳元で囁《ささや》いたレオナルドは男を引きずるように連れて行く。無情にも地下にひとつしかない光源のランプも一緒に。

残る男たちは悲鳴をあげた。しかしそれは真に訪れた暗闇がすべて呑み込み、誰に届く事もなかった。


「さすがに可哀想では？」

「うん？」

「あれではしばらく立ち直れないでしょうに」

「ああ、彼らの事」

今頃光の一切届かない地下牢で恐怖に押し潰されている男たちを思う。

レオナルドとしては自業自得としか言いようがなかった。むしろ感謝して欲しいとすら思うのだ。

「薬漬けにされているんだ。抜くにはちょうどいいだろうね」

男たちの様子は麻薬中毒者のそれと明らかに一致していた。眼球の動き、球のような汗。地下牢が暑いわけではない別の要因がある事は明白だった。

「牢から出した男——ダルトワ伯爵の手下はマイセンに任せるよ。自白させることにかけては右に出る者はいないからね。得意分野だろう」

「わかりました。すぐに片付けます」

マイセンの答えを満足そうに聞きながら、レオナルドは「終わったら牢に入れておいてね」と言った。

「さっきの連中もそろそろ倒れてるかな」

麻薬は得られるものも多いが、その分マイナス面も多い。麻薬によって暗闇から感じる不安が助長されるだろう。精神に支障を来《きた》していてもおかしくなかった。

「まあ、そうしたらきちんと介抱してあげるさ」

「……にしては随分怒っていたように思いますが」

「そりゃあキャサリンに危害を加えようとするなら話は別だよ。でも優しいだろう？　牢に入れるだけなんだから」

レオナルドの表情は笑ったまま。内容と表情が一致していない。

「そういえばマイセン、知っているかい。人は光がなくても肉体的には平気なんだよ」

「……」

「でも精神はどうなるのだろうね」

マリアンネの自作自演の襲撃事件は、特に波風を立てる事なく終わった。

本来であればキャサリンの悪評が世間に出回り、彼女が表舞台から退散する大事件に発展する可能性があった。しかし失敗に終わった事により、むしろそれがマリアンネとダルトワ伯爵が繋がっているという確固たる証拠となった。

ダルトワ伯爵は警戒心が強く、居住地も転々としている。一見彼を見つけ出すのは難航するかと思われた。しかしレオナルドは知っていた。彼が好色家でお気に入りの女性のもとには簡単に現れるという事を――

「ダルトワ伯爵、武器密輸及び麻薬関与にて逮捕します。ご同行願います」

「な、なんだ貴様ら！　どうしてここが……っセレーネ、お前か！　わしを嵌《は》めたな！」

顔を赤くして憤《いきどお》るダルトワは、自身を呼び出した張本人セレーネ・アビントンを睨《にら》んだ。

「あら、お人が悪い。わたくしは伯爵に忠告をしようと思ってお呼びしましたのに。嵌《は》めただなんて心外ですわ」

セレーネは口元を扇子で隠しながらにこやかに笑う。そして横目で自分を囮《おとり》に使った人物を見た。

「次はありませんわよ」

「わかってるさ。次があったら宰相に殺されてしまう」

忍び笑うレオナルドをセレーネは面白くない気持ちで見つめた。

レオナルドはダルトワの好みを把握してセレーネを近付かせた。案の定、彼は簡単に引っ掛かった。何度もアビントン家に通い、たくさんの贈り物をした。囮《おとり》だと知らずにセレーネに骨抜きになり招かれるまま誘いに乗れば、そこは大勢の兵で囲まれた場所で、あれよあれよと彼はお縄となった。実に呆気なく、間抜けな結末であった。

そして、残るのはマリアンネ・ブラウン、彼女だけだ。

「彼女が隠れる可能性があるアジトは数ヶ所ある。そこをすべて押さえろ。彼女と懇意《こんい》にしていた貴族もすべてだ。帰国する線も考えて国境の検問を強化しろ。――ネズミ一匹たりとも逃すなよ」

レオナルドは次の指示をすると共に動き出した。呆気なく捕まったダルトワ伯爵とこれから捕まえるマリアンネを交渉材料にバーゴラを攻める算段を立てながら。

「伯爵が捕まったってどういう事なの⁉」

アジトで報告を受けたマリアンネは苛立《いらだ》ちを隠す事なく辺りの物を蹴飛ばした。バケツや木箱がけたたましい音を立てて散らばっていく。

「ちょっ、お嬢さま、あまり大きな音を立てないでくださいよ！　見つかります」

「うるさい！　私に指図するんじゃないわよ！」

予期せぬ出来事に動揺と苛立《いらだ》ち、混乱がせめぎ合う。

ダルトワ伯爵が捕まったという事は……最悪な事にマリアンネは気づいてしまった。

「ダルトワ伯爵から私の情報が完全に漏れるじゃない！」

王太子妃がどうとか言っていられない。人々から敬われる立場に上がるどころか、今後の行き先は牢獄だ。

「どこから情報が漏れたの。私は完璧にやってたわ。だってレオナルド様だって疑いもしてなかったんだもの。いつも私に素敵な笑顔を……、もしかして、この前のやつら……？　だとしたらやっぱりダルトワ伯爵のせいじゃない！　あのじじいが送り込んできた手下が使えなかったんじゃない！」

マリアンネは自身が犯した失敗に気付いていなかった。彼女は自分が完璧だと信じ込んでいるからだ。

麻薬によって自身に酔いしれ、本来の自分の姿を客観的に見る事など到底不可能であった。

彼女は自分の失敗をすべて他人のせいだと思っていた。周りが使えないから悪い、私は完璧なのに。彼女は無意識のうちに指の爪を噛んだ。

（……何もかもあの女のせいよ。あの女がいるから……）

そしてすべての憎悪がキャサリンへと向かう。マリアンネは麻薬を使用するとき、キャサリンへの負の感情を抱きながら摂取していたためか、キャサリンに対する憎悪が日に日に蓄積していた。

「あの女だけが幸せになるなんて、絶対に許さない……」

そして自暴自棄になったマリアンネはある行動を取る事となった。

＊＊＊

レオナルド様たちが忙しそうにしている横で、私は今まで通り勉強に励んでいた。勉強というか、花嫁修行みたいなものだけど。

王妃様とのお茶も日課として続いているし、ダンスや貴族間のパワーバランスを調整したり、お茶会という名の情報交換をしたり。最近は特に外交関係の勉強を多く時間をとっている。語学は多く身につけておくに越した事はないし、今回のように隣国の貴族が絡んだ事件があった場合、国内だけの事件より面倒事が増える可能性もある。

今回のマリアンネとダルトワ伯爵の事件のように……

まだマリアンネは捕まっていないけれど、もう時間の問題だろう。ヒロインがこんな事になるなんて思ってもみなかった。

私はペンホルダーに羽ペンを仕舞い、椅子から立ち上がった。

今日の日課はすべて午前中に終わったため、午後は個人事業の報告書やリストをまとめていたのだ。

どうやら最近、馬車の調子があまりよくないらしい。

車輪がガタついて滑るようになったそうだ。ここ数日は国全体で雨がよく降っていたから、全体のコンディションが悪くなったのだろう。ついでだから馬車自体の設計をもう少しいいものに変えるか。

(確か詳しい図面が書かれた本が王立図書館にあったはず。ついでだから御者にも話を聞いてみようかな)

私はアマンダに御者に連絡をしてもらい、部屋を出た。

まさかこの後、あんな事が起きるなんて、一体誰が想像しただろう――

＊　＊　＊

――端的に言えば、私は迷っていた。

「困ったわ」

広い廊下を当てもなく彷徨《さまよ》う。

前を見ても後ろを見ても誰もいない。

陽の光が窓ガラスを通り抜け、長い廊下を先の方まで照らしている。暖かい日差しが横顔に当たり、チリチリとした暑さを感じた。頬を風が撫《な》でるように通り過ぎるけれど、それが何処《どこ》から来ているのかわからない。明るく白い廊下は不気味なほど人の気配を感じられなかった。

「……みんな何処《どこ》へ行ったの？」

窓の外は暖かい陽に包まれて木々が輝いているのに、その景色はまるで記憶にない。ここが一体何処《どこ》なのか、私にはわからなかった。

私の呟きは物音のしない廊下に反響する。

――あの後、王立図書館に向かったのだが、途中でちょっとしたアクシデントが起こった。

警備兵の一人が私の護衛に助けを求めてきたのだ。何事かと話を聞いてみると、近々、街で剣術大会があり、それに勝てたら惚れている女性にプロポーズをするのだという。所詮街でやる大会だと高を括《くく》っていたら、今回は凄腕《すごうで》の剣士が出場するとかで勝てる見込みが薄いらしい。しかも女性には大会で優勝すると約束をしてしまって後には引けず……

彼は護衛騎士に泣きついた。稽古をつけてくれと。新人の頃、指導員だった護衛騎士に泣いて縋《すが》る気持ちはとてもよくわかる。

私は騎士に交代の許可を伝えた。彼に勝利を、そう言うと、二人は笑顔で是と答え去っていった。

「あんな風に乞《こ》われれば女性だって嬉しいでしょうに。どうして男性は素直にそれを本人に言わないのかしら」

「さあ。お嬢さまみたいに王太子殿下に乞《こ》われても素直に応じない人もいるのでしょう」

「……昔の事は忘れてちょうだい」

もう一人の護衛騎士とアマンダに挟まれながら廊下を進む。

王立図書館は王宮内にあるが、居住区域からはそれなりに離れている。渡り廊下をいくつも進むとやっと入り口が見えてきた。

ここは王立というだけあって、申請さえすれば平民でも利用する事が出来る。この国は国民の学力向上や生活水準の安定化を目標に掲げ《かか》ていて、最近では読み書きが出来ない子供たちや人々に学ぶ場を設けたりしている。それらはここ数年で始まった取り組みだが、すごくいいと思う。良策だ。

何度も言うけど知識は力なのよね。

無知なのは悪い事ではないけれど、知る機会があっても知ろうとしないのは怠慢だわ。最初から何もかも知っている人間なんていないんだから。

(まあ、私は前世の分もあるから多少優位ではあるけどね)

私は胸が高鳴るのを感じながら図書館の中に入った。

こうして本を前にするとテンションが上がってしまう。前世も含め唯一の趣味だ。思わず関係のない本にも手が伸びるのは仕方がない。

「お嬢さま、選ばれたのでしたらお部屋に運びましょう。ここよりもお部屋の方が落ち着いてお読みになれますよ」

「そうだけど……、たまには外で読んではダメ？　司書に頼んでちゃんと個室を用意してもらうし、そしたら安全でしょう？」

「しかし……」

「おねがい。ちゃんと鍵も締めるわ。ね？」

アマンダと護衛騎士は目線で会話し始めた。どうやら私に軍配が上がったようだ。

「わかりました。お部屋は私がご用意しますから」

「ありがとう、アマンダ！」

やった！　嬉しい！

部屋も大好きだけど、たまには外の空気を吸って気分転換をしたい。最近の私が部屋を出るのはレオナルド様のところへ行くか、ロザンヌ王妃に会うか、たまーに散歩へ行くときぐらいしかないのである。

早速アマンダが司書にお願いして貴族用の個室を準備してくれた。

この図書館には誰でも入れる代わりに貴族用に個室が用意されている。常時滞在している騎士もいるから安全の面で心配する事はないが平民と一緒にいたくない貴族もいる。まさか自分が使うとは思いもよらなかったけど、それでみんなが納得してくれるなら今だけは使わせてもらおう。

個室の中は随分と狭い。大体十四畳ぐらいだろうか。机やソファなど、読書する上で必要な物は揃っていて快適な空間が広がっている。太陽光に当たると本が傷《いた》むから窓はないが、ランプの灯《あか》りが行き届いているので問題はない。まあ正直十四畳とか、前世の私からしたら広いんだけどね。何せ九畳ワンルームで生きてきたから広過ぎるぐらいだ。

「キャサリン様、交代の騎士が参りましたので引き継ぎの説明をしてきます。ここを動きませんように」

ノックの音と共に先ほど離脱した護衛騎士の代わりが顔を見せた。何度もお世話になっている人だったのでほっとする。マリアンネが来てから、私のお世話をしてくれる人は完全に固定で交代制だ。信頼のおける人しか私に近づけさせないレオナルド様の指示である。

二人は読書の妨《さまた》げにならないように部屋の外で話すらしい。

護衛をしてくれるみんなも私に対してとても好意的で、話しかけたら喜んで喋ってくれる。私は今でも自分に自信が持てないけれど、ああして周囲の人々が私に笑いかけてくれるのは、彼の隣に立ってもいいのだと認めてもらえているようで嬉しい。

しばらく経つと一人の護衛騎士が戻ってきた。

「あら、先ほどの方は？」

「それが今し方伝達係の者がやって来まして、その対応をしております。ああそうだアマンダ殿、王太子殿下から至急来るようにと連絡がありましたよ」

「王太子殿下から？　わかりました」

アマンダは少し悩む仕草をしてから、まだ湯気の立っている紅茶のポットを私のそばに置いた。

「お嬢さま、おかわりはこちらに置いておきますので。私が戻って来るまで席を立ちませんように。すぐに戻って来ますから」

「ふふ、みんな心配性ね。すぐに戻れる内容か、それもわからないのに」

「だとしても、すぐに戻って来ますから」

力強く言い終えると、アマンダは騎士と交代で出て行った。

それからしばらく——私は紅茶のおかわりを何度かしたようで、ポットが空になって初めて顔を上げた。

(アマンダ、遅いわね。やっぱりレオナルド様が何か無理難題をおっしゃったのかしら……)

個室の中にいるのは私だけだった。

道理で静かなわけだ。おかげで集中出来たけど。護衛騎士は恐らく扉の外で待機しているのだろう。彼らはいつも私が何かに集中すると静かに部屋を出ていく。なんて出来る男たちなのだろう。でもあんな重そうな装備を着けて音もなく外に行くとは。……忍者かよ。

(紅茶のおかわりが欲しいわ。アマンダの帰りを待つのが一番だけど、騎士たちに頼んでみようかな)

私は扉を内側からノックした。

すぐに返事があると思っていたが、なかなか返事がない。疑問に思ってもう一度ノックする。……やはり返事がない。

(誰もいないのかしら?)

こそっと扉を開けて顔を出すと、そこには誰もいなかった。

左右を確認して部屋を出る。個室は図書館内の吹き抜け部分の二階にあるので、そこから下を覗《のぞ》き込んだが誰もいなかった。

「え、どういう事？　あんなに人がいたのに」

私は恐る恐る階段を降りて確認したが誰もいない。

先ほどまでいた司書も、見回りの騎士も、熱心に本を呼んでいた学生も、使用人を連れて歩く貴族も――その誰もがいなかった。

物音ひとつしない図書館は不気味だ。

「誰か、誰かいないの？」

あまりの異常さに心臓が嫌な音を立てた。ごくりと唾《つば》を呑み込む音すら響きそうな静けさ。

一人で行動してはいけないと理解している。でも私が気づかない内に何かが起こったのだ。そんなに読書に集中していたのだろうか。

私は恐怖に震える身体に活を入れると足を踏み出した。


歩く。歩く。

どこまでも続く廊下を私は歩いていた。

それはどこか駆け足に近いものだったかもしれない。

図書館から外へ出た私は来た道を戻り始めた。王宮にはレオナルド様もアマンダもいる。彼らに助けを求めなくては。この非常事態についてきっと何か知ってるはず。

近くにある扉をノックもなしに開けていく。部屋にはやはり誰もおらず、静寂が空間を支配していた。別の部屋を覗《のぞ》いても結果は同じ。

――誰もいない。

ゾッと背筋に悪寒が走る。不安や焦りのせいか、足が縺《もつ》れそうになったが必死に動かした。早く、――早く誰か見つけなくちゃ。自然と息が上がる。

「はっ、はぁ……、どうして、どうして誰もいないの」

戻りながら気づいていた。図書館があった場所は私が知らない場所だった。どんなに廊下を進んでも王宮へ戻る道はない。

知っているようで知らない場所。

窓から見える景色はやはり見覚えがない場所だった。暖かそうな日差しなのにどこか不気味に感じる。いくら進んでも私が知っている道にたどり着く事が出来ない。

（こわい……）

未知の感情だった。一概に恐怖とは言えない様々な感情が私を押し潰し、心を乱した。ここが小説の世界だと思い出したときの恐怖に似ていた。

目に見える死を愕然《がくぜん》とした気持ちで受け止めたとき、確かに私は絶望した。――けれどこれは違う。

目に見えない死がここにはある。

明るい廊下の先から、迫《せま》りくる死の恐怖を感じる。あれは天国へ行く道じゃない。天国と偽った地獄の道だ。

「きゃあ――っ……うぅ」

遂に限界を迎えた足が縺《もつ》れた拍子に転ぶ。頬に鋭い痛みが走った。

(なんでっ、どうして、……こんな)

じわりと視界が滲《にじ》んでいく。なんて情けないんだろう。自分一人じゃ何も出来ないひ弱な人間に、どうして何かが出来ると思ったのだろう。

レオナルド様の役に立つって決めたはずなのに無様《ぶざま》に床に手をついてる。なんて哀れな、心配をかけるばかりでなんの役にも立ってないじゃない。

今だってみんなが心配だと言いながら、本当は、私が不安だからみんなに会いたがってる。助けてもらいたくて走ってる。こんな醜態を晒《さら》してもいいとすら思ってる――

フラフラと立ち上がり、歩き出す。

どこへ行き着くのかわからない一本道を、私はひたすら歩いた。

まるでこの場所は今世の私のようだ。

死までの一本道をずっと歩いて来た。どうにか分岐点を見つけようと足掻《あが》いた人生。物語が私を歩かせて来たように、こんな先の分からない一本道の廊下を歩く事も、最初から決められていた運命なのかもしれない。

(ああ、なんて無様《ぶざま》なの)

――どれくらいの時間が経ったのだろうか。

時計がないからわからないが、数時間は経っただろうか。

靴擦れを起こした足には血が滲《にじ》み、先ほど転んで出来た擦《す》り傷で頬がジクジクと痛んだ。なんだか、すべてがどうでもよくなっていた。

歩き疲れた足は軸を失ってふらつき、喉《のど》は渇きを訴えている。時折指先が震えた。……脱水症状だろうか。

(……不甲斐ない)

私はいつからこんなに弱くなったのか。運命に争い続けた昔の私が見たら笑いそうだ。

こんな私に何が出来るというのだろうか。情けない結果しか生まないのに。

私はつくづく王太子妃に向いていない。

じわりと目頭が熱くなった。

「レオナルド様……」

彼の名を呼ぶ。呟いた言葉は静かな廊下に呑み込まれて儚《はかな》く消えたが、私の心はほんの少しだけ温かくなった気がした。

「お慕いしておりました。本当は……ずっと」

初めて口にした言葉はやはりどこへ当たる事もなく消えた。

(あなたが好きだった)

優しく温かいあなたが好きだった。静かに見守っていてくれるあなたが好きだったの。

終《つい》ぞ、伝える事はなかったけれど。

吸い込まれて消えた私の声は、情けないほど震えて小さかった。

行き着いた廊下の先はバラの庭園になっていた。

眩しい日差しに手を翳《かざ》すと、私の視界に輝くブラウンヘアが入ってきた。

(——あれは)

認識した途端開《ひら》けた世界に、美しい茶髪を揺らしながら駆けるマリアンネと、彼女の先には——

「レ、」

「レオナルド様!」

「おっと。はは、危ないよ。マリアンネ」

「ふふ、大丈夫です。だってレオナルド様が受け止めてくれるって信じてますから」

飛びついたマリアンネを優しく抱き止め、その頭を愛おしそうになぞり口付けを落とす。その光景はまさに小説のままの世界で、私の足はそこで凍りついた。

目の前が真っ黒に染まる。

(……いや、いやよ)

嘘だと言って、こんな、こんなの。

凍りついた足元から這《は》い上がり、伸びて来た泥のような闇が私の手まで黒に染める。

(そんな顔で見ないで)

蕩《とろ》けるような笑みをマリアンネに向けるレオナルド様を私は知らない。

(そんな顔で見ないで)

私以外の髪を撫《な》でキスを落とすレオナルド様を私は知らない。

（触らないで……っ）

私以外に。どうか。

幸せそうに寄り添い合って笑っている。ただそれだけの光景に私は目が離せなかった。

風に靡《なび》く金色の髪と茶色の髪が混ざり合い、とても幻想的で、そこに私の居場所はない。なかったのだ。はじめから。

（いや、見たくない！　見せないで。そこは、……そこは私の）

私の居場所なのに――

ポツンと落ちた涙は乾いた地面に跡形もなく消えた。

＊　＊　＊

「――どうなの様子は」

「ああ、彼女結構しぶといですよ、なかなか堕《お》ちない。きっと毒への耐性が付いているのでしょう。おかげで私も楽しめますけどねぇ、ヒヒ」

むせ返るような白煙が漂《ただよ》う部屋に男女がいる。男はニヤリと厭《いや》らしい表情で笑いながら、ズレ落ちた眼鏡を上げた。目線の先には鎖で繋がれた意識のない女がいる。

この男は王立学園の講師を務めている。真面目を絵に描いたような人間だった。けれどもそんな男にも人には言えない性癖があったのだろう。男はキャサリンをとても気に入っていた、それこそ入学当初から。異常な執着を抱いていた彼に、キャサリンを与えることを条件に協力を仰《あお》いだら、嬉々として乗って来た。

「そう。限界までやってちょうだい。でも殺してはダメよ。この女にはこれから役に立ってもらうんだから」

「フヒヒ、貴女《あなた》も悪い人ですねぇ。王太子妃をこんな風にするんだから」

「――っ、まだ妃じゃないわ！　ふざけた事言わないで。殺されたいの⁉」

「ひっ！　そ、そんな怒らなくても」

感情の起伏が激しい女を男はいつも恐れていた。彼女の気分で数多くの人間が殺されたからだ。ほとんどが身寄りのない者たちだったので表沙汰にはなっていない。よって彼女の獰猛《どうもう》さを知るのは数少ない一部の人間だけだ。

「ふん。言葉はよく考えて口にする事ね。死にたくないのなら」

強い苛立《いらだ》ちを隠そうとせず怒鳴る女――マリアンネ・ブラウンは、床に転がっている女、キャサリン・レイバーを見た。

随分暴れたのだろう、髪は乱れ、服は所々破れている。頬は擦り切れて血が滲《にじ》んでいた。いつもすました態度の女が今じゃ無様《ぶざま》な格好をしている。たったそれだけでマリアンネの心は晴れるようだった。

（この女には散々邪魔されて、恥をかかされたんだから。まだまだやり足りないぐらいだわ）

「アンタ幸運よね。この男が不能じゃなかったら、今頃もっと惨めな事になってただろうに」

マリアンネは強引にキャサリンの顎《あご》を掴《つか》んだ。すると目蓋《まぶた》が震え、焦点の合ってない虚《うつろ》な瞳がマリアンネを見た。

高濃度の麻薬を一気に吸わされ、精神が壊れ始めているのだ。

「アンタのせいでダルトワ伯爵は捕まったし、アジトも失った。さぞいい気分でしょうね。私を追い詰めたって思ってる？」

マリアンネはキャサリンの顎《あご》を力一杯掴《つか》む。傾けた拍子にプラチナブロンドがさらりと手に触れた。その感触の不愉快さに眉が寄る。しかしすぐさま口元を歪《ゆが》ませた。

「でもそのせいでアンタはこんな風になってるのよ」


キャサリンは王立図書館の個室で襲われた。

偽の情報で誘導されてくれたおかげで護衛が一人だけになった。騎士一人程度なら複数で襲いかかれば勝てない事もない。

キャサリンがいる個室には窓がない。それを逆手《さかて》に取って、マリアンネたちは燻《いぶ》した麻薬の煙を扉の隙間から室内へ流し込んだのだ。キャサリンは気づく事も出来なかっただろう。気がつけば身体に染み渡る麻薬に意識を奪われ、朦朧《もうろう》としたところで攫《さら》われてきたのだから。

「ふふっあはは、ざまあないわ！　ほんといい気味っ。もっともっともーっと気持ちよくしてあげる、病みつきになって止まらなくなるのよ。それこそ周りがわからなくなるぐらいにね！」

キャサリンを投げ捨てるように倒す。先ほどから意識が朦朧《もうろう》として苦しげな声を上げている事から、酷い悪夢でも見ているのだろう。

キャサリンの苦痛を訴える声も表情は、マリアンネに極上の気分を与えてくれる。

マリアンネはにんまりと嗤《わら》い、キャサリンの腹を蹴り上げた。くぐもった声を上げて丸くなる姿を嘲笑うように見下ろす。

「うふふっ安心してね、キャサリン様。私がレオナルド様を幸せにしてあげるから」

もう一度マリアンネはキャサリンを蹴り、満足したように部屋を出て行った。


レオナルドは冷静さを保とうと努めていた。

しかし荒ぶる感情が身体から放《はな》たれそうになっている。自身を抑える術《すべ》を熟知していても、彼の感情は爆発寸前だった。

「不審な動きの荷馬車にはすべて追手をかけていますが、追跡班からの情報はまだ戻ってきていません」

「マリアンネ・ブラウンが関与している拠点はすべて押さえたがどこも空っぽだった。おそらく新たな拠点を作ったんだろう。麻薬の顧客リストに載っていた貴族を今しらみつぶしで当たってる」

マイセンとダヌアの報告を聞くレオナルドは苛立《いらだ》ちを逃すように奥歯を噛み締めた。

「ダルトワの尋問は」

「現在も継続中ですが、我々が持つ情報とさほど違いはありませんでした。おそらくマリアンネ・

ブラウンがダルトワに報告していない部分があるのでしょう。話によると彼女自身はあまりダルトワを信じていない節があったそうですから」

「なるほどね」

レオナルドは一度目を閉じた。

「……キャサリンの居所が判明次第、私も出る」

その言葉にギョッとしたのはマイセンだ。

「何をおっしゃるのですか。殿下が自ら出るのはいかがなものかと」

「血迷うな。冷静になれ」

「これ以上どう冷静になれと言うんだ！」

ダンッと机を叩く音が響く。その剣呑《けんのん》な雰囲気に執務室にいた全員が息を呑んだ。

「誰がなんと言おうと私は行く。待つだけの存在なんて何の意味がある。私が彼女を迎えに行く。絶対に。そしてこの手に抱いて帰る」

窓の外はいつの間にか曇天となり、今にも雨が降りそうだった。まるでこの状況を示しているかのように。

レオナルドは決意したように目線をあげた。虚空を見るような姿だった。

「……大丈夫。感情のままには動かないようにするさ」

そう言い終わると同時に、窓の外、西方向から光と煙が微かに見えた。

「アマンダ！」

「こちらでございます」

物陰《ものかげ》に隠れていたアマンダは目前の家を指差した。

「お嬢さまは地下室におられる模様です。時折、空気孔から微かに麻薬の匂いがするので、もしかしたら……」

「早急な手当てが必要だな。すぐに医者の手配をする」

レオナルドの指示のもと、兵たちが動き出す。家を囲うように兵が配置された。この兵たちはレオナルドが選んだ精鋭部隊だ。

「遅くなってしまい、申し訳ございません。一度撒《ま》かれてしまう失態を」

「いや、助かった。キミが狼煙《のろし》を上げてくれて」

王宮から程近い郊外にその家はあった。二階建ての家は周囲に溶け込んでおり、違和感などない普通の家屋だった。おかしい点があるとしたら、どの窓も分厚いカーテンが引かれており中を覗《のぞ》き見る事は出来ない事だ。

キャサリンが攫《さら》われた際、アマンダはレオナルドからの呼び出しだと言われ席を外したが、不審に思いすぐに引き返した。すると案の定護衛騎士は倒れており、キャサリンは攫《さら》われた後だった。アマンダはすぐにキャサリンを追いかけた。もちろんレオナルドに報告をする事は忘れずに。

人一人を運び出す場合、大きな箱もしくは袋などに入れて運び出す事が多い。個室には窓がないため、恐らく入り口から堂々と出ただろう。……そしてキャサリンは気絶させられている可能性が高い。

（お嬢さまの性格上、目が覚めているならすぐに逃げ出す算段をつけるはず。図書館内には人が大勢いる。けれど誰も気づかなかったという事はお嬢さまに意識はない）

アマンダは司書や警備兵などに聞き回った。そして犯人らしい人間が図書館の入り口から王宮の搬入口《はんにゅうぐち》へと向かい、外へ出た事を突き止めた。どうやら何度か着替えを繰り返し、身分を偽った上で侵入したようだ。

「許さない」

絶対に許すものか。大切なお嬢さまを傷つけた犯人をアマンダは決して許さない。

そしてレオナルドが必ず地獄へ落とすだろう。

アマンダは犯人を追いかけるべく普段身につけている侍女服を脱いだ。そして黒いローブを羽織り駆け出した。彼女はレオナルドの忠実な僕《しもべ》――その表情はキャサリンが知らない顔だった。


レオナルドたちの部隊と連絡を取り合いながら、単独で動いていたアマンダが最終的に辿り着いたアジトは〝当たり〟だった。

ほとんどのアジトはもぬけの殻になっていたが、その場所はまだ犯人たちが数名残っていたのだ。キャサリンは残念ながらもう既に移動させられた後だったが、アマンダはそいつらを締め上げ、在り処を聞き出し、遂にキャサリンに辿り着く事が出来た。

マリアンネがダミーのアジトを用意していた辺り、キャサリンを攫《さら》う事は彼女にとって決定事項だったのだろう。

「室内にはお嬢さまの他に五人は確実におります。マリアンネ・ブラウンは三十分ほど前に入室して未だ退出はしておりません」

「裏口は完全に塞いだぜ。ネズミ一匹も通れない」

「隠し通路の所在も判明しました」

「よし」

レオナルドは帯剣を確認すると髪を掻《か》きあげ、黒いマントを羽織った。その眼光は鋭く刃物のようだった。

「一人残らず逃すな。そして必ず生け捕りにしろ」

「はっ」

レオナルドの合図を皮切りに部隊が突入を開始した。

扉の壊れる音、窓ガラスの割れる音、そして男たちの怒号と呻《うめ》き声。様々な音が重なり、時折金属同士がぶつかり合う音も聞こえる。

レオナルドはマイセンの案内のもと、先へと向かった。


「どういう事、どういう事、どういう事なのッ！」

マリアンネは焦っていた。

突然侵入してきた兵たち。そいつらに仲間が大勢襲われたのだ。――いや、本当に兵なのだろうか？

奴らは全員おかしかった。全員が変な服装で、武器なんかは鉈《なた》や鎌、それに鍬《すき》。……スコップを持っている奴もいたと思う。

そうだ、それはすべて農具なのだ。服装も併《あわ》せると農民にしか見えない。

だけど明らかに違う。奴らは農民なんかじゃない。武器の扱いが、目が、その動きすべてが、只《ただ》者《もの》ではないと語っていた。

だからマリアンネは再び逃げた。その尋常じゃない動きに仲間たちが勝てるとは到底思えなかったからだ。

ぎりっと親指の爪を噛む。指から血が滲《にじ》んでいた。

「……あの女、あの女よ。あの女が面倒事を招いてきたのよ！　何もかも！　殺せばよかった！すぐにでも殺せばッ！」

「ま、マリアンネ様、落ち着いてください。見つかってしまいますっ」

「うるさいうるさいうるさいうるさいッ！　アンタたちが役に立たないからこうなったんでしょうが！　アンタたちのせいよ！」

マリアンネは複雑に入り組んだ通路を進む。あの家はもともと貴族が娯楽で作ったものだ。その貴族は隠し扉や隠し通路といったものが好きで、それを楽しむために作ったらしい。羨ましいと言ったら簡単にプレゼントしてくれたのだ。実に気前がいい。

まあその貴族も今じゃ廃人になって、もう使い物にならないのだが。

この長ったらしく暗い通路の先は森だ。その森に流れる小川のそばに落ち葉などで隠された出口がある。マリアンネはとにかく外を目指していた。早く外へ出たい。暗闇は不安を助長するから。

「くそ、くそっくそッ！」

もっと人数を集めるんだった。

今回キャサリンを誘拐するのに使った人数は少ない。あの女は王族に気に入られた女だ。下手に大きく動いてバレたら計画自体が消える。

雇ったのは数十人。さっきの家にいたほとんどの人間だ。残りの数人には後処理をさせている。

マリアンネのそばにいる者たちは、誰もが貧しい下賤《げせん》の者だ。いつ消えても誰にも気付いてもらえないような身寄りのない者である。そいつらに麻薬という餌を与えて鍛えさせた。使えないものを有効活用出来る私は何て素晴らしいんだろう。

だけどダメだ。これは失敗だ。

「バーゴラへ帰るわ」

「え、つまり……」

「あの脂ぎった爺さま――ダルトワ伯爵が使えない今、王に次の計画を進めてもらうのよ」

「という事は……遂にトルークを拠点に戦争を仕掛けるのですね！　確かにいい頃合いかもしれません。伯爵様のおかげでかなり武器は揃いましたし！」

従者の男は興奮を隠そうともせず、マリアンネに賛同した。

この男はもともと子爵家に仕《つか》えていた男だが、麻薬の魅力に抗《あらが》えず、いつからか勝手にマリアンネの従者をやっている。そんなおかしな男にはやはり歪《ゆが》んだ性癖があった。

「ははっ、これでコレクションが増える！」

「相変わらず気持ち悪い趣味ね。死体が好きだなんて」

「そんなに褒めないでくださいよ。褒めてもマリアンネ様に私のコレクションはあげませんよ」

「褒めてないし、いらないわ！　気持ちが悪い！」

どいつもこいつもおかしな奴ばかり。

やっぱり私の身近にいる素敵な男性はレオナルド様しかいないのだ。それも後少しで手に入りそうだったのに……

マリアンネは突き当たりの扉の鍵を外し、慎重に外へ出た。

「少し惜しいけど、やっぱり薬漬けにしないとダメそうね」

私に夢中にさせるのに麻薬に頼らなくちゃいけないのが癪《しゃく》だけど、今はなりふり構っていられない。

「誰を薬漬けにするのかな？」

——途端に感じた、首に当たる金属の冷たさにマリアンネは息を呑んだ。

その剣を持つのはマリアンネが懸想する相手レオナルドの腹心。そしてその後ろにいるのはフードを深く被《かぶ》ってよく見えないが、おそらくレオナルド本人だ。

「レオナルド様！」

「やあ、ブラウン嬢。随分とお急ぎのようだね。どこへ行くのかな？」

近くにいた兵がマリアンネを地面に押さえつける。彼女は膝を着いた状態で後ろで腕を縛られた。後ろにいた従者は別の兵に取り押さえられている。

「ど、どうして」

「さあどうしてだろうね」

ここにキャサリンはいない。マリアンネはキャサリンを捨てて逃げてきたのだ。キャサリンという尻尾さえ切ってしまえば、誰も追ってくる事はないと高を括《くく》っていた。

突きつけられた切っ先が喉元《のどもと》に食い込んで血が滲《にじ》む。

「わ、私は関係ないわ！　私は何もしてない！」

「何か、勘違いしていないかな」

言い募《つの》るマリアンネに相手は冷え冷えとした視線を送った。

「キミは誰よりも重罪だよ」

簡潔に答えた彼の声は怒気を孕《はら》み、マリアンネは知らず知らずのうちに喉《のど》をひきつらせた。首をはねられた自分の姿が脳裏を過《よぎ》る。

それを振り払うように、マリアンネは切っ先が喉《のど》に食い込むのも構わずに首を振る。しかし首を振っても俯《うつむ》いても目を瞑《つむ》っても、その残像が消える事はなく、むしろより一層惨《むご》たらしい結末が目の前を横切っていく。知らぬうちに身体が震える。マリアンネはひどく混乱した。

「っ、どうして！」

錯乱状態に陥《おちい》っていくマリアンネを周囲は冷静に眺めていた。彼女の乱れ方は異常だった。

「……麻薬が切れたか」

玉のような汗と、瞳が小刻みに揺れ瞳孔《どうこう》が開いている様子から、依存症の徴候が出ていると見受けられた。マリアンネは幻影と戦うような仕草を取り、髪を振り乱している。先程の一言がきっかけとなったのだろう。数分で彼女の状態は一変した。

「これが麻薬依存症か。こんな代償を払ってまで得る価値があるのだろうか」

哀れみの眼差しを送っていると、彼女は突然ピタリと動かなくなった。

「……ふふ……、あは、ははっ」

「様子がおかしい。離れてください」

マイセンは、視線で兵を動かし、マリアンネの縄を強く引っ張り地面へ押さえつけた。それでも彼女は笑っている。

「あの女、あの女が悪いのよ……。あいつが、生きてるから！」

射抜くように鋭い視線をやるマリアンネは、口の端を歪《ゆが》めて笑った。

「あはっ、レオナルド様、よろしいのですか、キャサリン様を放ったらかしにして。今頃嬲《なぶ》られているかもしれませんわよ？　彼女の事が大好きで大好きでしかたがない殿方に預けてしまったので。それこそ麻薬を浴びすぎて使い物にならないかもしれませんけどね。それでもいいのですか？　中古品の、壊れた、女で」

マリアンネは憎悪に満ちた表情でここにいないキャサリンを嬲《なぶ》った。不安に支配されていた彼女を蝕《むしば》む麻薬は、次に憎しみを助長させたようだった。

「それともレオナルド様は彼女をもう諦めたのですか？　攫《さら》われて二日も経ちますもの。もう新品だなんて誰も思わないわ。傷物？　いや、穢れた女ね。そんな女はレオナルド様に相応《ふさわ》しくないもの。見捨てて当然よね」

マリアンネは歌うように言う。

それが嘘か真か、彼女にとってはもはやどうでもよかった。ただただキャサリンの悪態を吐いていないと気がおさまらなかった。

キャサリンへの憎しみも執着もそのすべては麻薬のせいだという事を彼女は気付いていない。

「あんな女でも利用価値があるかなって思って生かしておいたけど結局あの教師だけしか釣れなかったし、全く無価値だわ。本っ当に使えない女」

「……教師？」

「そうなんです！　あの薬剤の教師、キャサリン様を愛してるんですって。そのために私の言う事なんでも聞いてくださったの。彼女が欲しいからって。あははっ！　馬鹿ですよね！　あんな女のどこにそんな価値があるのかしらっ！」

地面に頭がつくほど身を捩り笑うマリアンネはニヤつくまま眼前の相手を見上げた。

「ねっ、そう思うでしょうレオナルドさ」

「――もうやめた方がいいですよ」

女の声が聞こえた。

「……え？」

目の前のレオナルドだと思っていた相手から。

「あなた、首がいくつあっても足りないでしょうね」

「レオナルドさ、ま？」

フードを深く被《かぶ》ったレオナルドの表情は見えない。けれど、先ほどまでの声色はまさにレオナルド本人だった。だからこそマリアンネは諦め、大人しく拘束されているのだ。彼に捕まるならしかたがないと思っていた。

目の前のレオナルドと思われた人物はにこりと笑い、フードを下ろした。出てきた髪は金髪碧《へき》眼《がん》ではなく黒髪黒眼の女。顔を見た事がある。そう、いつもキャサリン・レイバーの後ろにいた……——

「あの女の侍女じゃないの！　う、うそよ。だって声が……」

「ああ、彼女は変声が得意なんですよ。それで敵を欺《あざむ》き、証拠を掴《つか》む」

マイセンは縛り上げられたマリアンネの紐をぐっと持ち上げ、彼女を立たせる。麻薬の影響か、彼女の足は震えていて立つのも困難に思えた。

すると突然地面が揺れ、爆発音が聞こえた。そちらを見ると黒煙が立ち上っている場所があった。——そう、マリアンネのアジトだ。

「殿下はお嬢さまを助けに行きたいと仰《おつしや》られたので、こちらは私が担当させていただきました。マリアンネ様は我々の言葉を素直に聞かないだろうと判断し、このような形に。もちろんこれらすべては殿下の脚本ですよ。ちなみにあちらのテーマは農民の一揆らしいです」

「な、な……っ」

「ああ、でも正解でした。ここに殿下がいらしたら、あなたは捕まる前にその首が繋がってなかったでしょうから」

にっこり笑うアマンダにマリアンネはゾッとした。

＊＊＊

アマンダとマイセンがマリアンネを押さえつけていた同じ時刻、レオナルドとダヌアは部隊を率いてアジトへ突入した。ガラスが割れ、耳を劈《つんざ》くような悲鳴や怒号を尻目に二人は地下室へと急いだ。地下室へと続く階段はうっすらと白煙を纏《まと》い、麻薬独特の甘い香りが立ち込めている。

レオナルドは地下の突き当たりにある堅牢な扉を勢いのまま蹴倒した。

「キャサリン！」

「キャサリン嬢！」

甘い香りがむせ返る部屋の中央に鎖で繋がれたキャサリンがいた。レオナルドはキャサリンに駆けよって身体を持ち上げると、だらりと力ない四肢に息を詰まらせる。

「嘘、だ……嘘だっ、キャサリン！」

キャサリンの身体をかき抱くようにレオナルドが悲痛に叫ぶ。

青白い顔には生気がなく、艶やかなプラチナブロンドと相まって、まるで消えてなくなってしまいそうな感覚に陥《おちい》った。

かろうじて微かに残る体温が、死者とは違うと教えている。

すると室内の奥から白衣を着た男が出てきて、レオナルドに向けて声をあげた。

「おい！　貴様ッ、それは私の物だ！　勝手に触るなっ——ぐあぁっ」

「レオナルド！」

ダヌアが口を開くと同時に剣がひらめき、男の胸元が鮮血で染め上がった。軽く吹き飛んだ男が床に転がる。すかさず脇腹を蹴り上げられ、壁で背を打ちそのまま蹲《うずくま》った。

「おいっ、レオナルド！　やめろ、死んじまう！」

続け様《ざま》に腹を蹴られ、胸倉を掴《つか》み持ち上げられると叩き落とされた。

容赦ない攻撃をダヌアは必死に止める。殺気立つレオナルドの眼光は激昂からか、鋭さを増していた。そのあまりの形相に、ダヌアは思わず動きを止める。

「誰が、誰のものだって？　もう一度言ってみろ」

「——ヒッ、ぐえっ、や、やめ！」

「彼女を見るその眼《め》も、その薄汚い手も、不要だな？」

ギラつく瞳で口の端を上げて嗤《わら》った。その表情は美しくも残忍さが宿っていた。

「——大丈夫、眼《め》や腕がなくても生きていられるさ」

何度か蹴り上げた身体から離れると、レオナルドは剣を構え直して男に向けた。その切っ先は血に濡れている。

その様子をダヌアは緊迫した面持ちで見た。ここで彼を止めるべきか、否か。

レオナルドの気持ちもわかる。だからこそダヌアは決めかねた。

でも、それでキャサリンは納得するだろうか。

「……レオナルド、やめろ。そいつは生かして捕まえるんだ」

「ダヌア」

「感情的にならないと言ったよな。……それに彼女が待ってる」

その言葉を聞いたレオナルドはわずかに目を開き、そしてギュッと目を固く瞑《つむ》った。自身の滾《たぎ》りを落ち着かせるように細く息を吐く。そしてきつく握っていた剣を納刀した。

「……ここを頼む」

小さく呟くとレオナルドは男に目をやる事なく、キャサリンのもとへと向かった。

男はいつの間にか失神していた。胸元は赤く染まっているが傷は浅く、命に別状はなさそうだ。

感情的に行動したかと思っていたが、冷静に考えて傷を負わせたのだろう。ダヌアは改めてここを去った男の能力に脱帽した。

「キャサリン」

レオナルドは冷静になろうと、ぐっとはやる気持ちを抑えつける。緊張からか、空気をうまく吸い込めなかった。横たわる細い腕を持ち上げて脈を確認する。口に顔を近づけると微かに息をしていた。

脈を測った手で優しく頬を撫《な》でると身体を隈なく調べる。ざっと見て、キャサリンの外傷は擦《す》り傷と打撲。暴行を受けた形跡はあるものの、骨を折っている様子はなかった。服装も所々破れているが乱されているわけではない。レオナルドは知らぬうちに詰めていた息を吐く。そのか細い吐息は微かに震えていた。

（……よかった……）

彼女は生きている。

その事実にレオナルドはやっと表情を緩ませ、キャサリンを抱き上げた。自身の上着を彼女の肩に掛けて破れたドレスを隠すと、ダヌアと共に地上へと向かう。キャサリンの治療と今後の算段を立てながら。その顔は先ほどの表情とは打って変わって獲物に牙を剥《む》く、肉食動物のような鋭さを持っていた。

＊　＊　＊

私は夢を見ていた。

その夢は悪夢というには眩しくて爽やかだった。しかしそれは、私にとって悪夢だった。

雲ひとつない青空の下、男女が仲良く四阿《あずまや》でお茶をしている。その光景は想像以上に眩しく、輝かしいものだった。

微笑み慈しむような表情で彼女の頬を撫《な》でるその姿を知っているようで知らない。

（彼は私のものなのに）

漠然と心に染みつく想いが胸を強く引き裂く。目を開けていたくない。しかしそれを許さないほどの痛みが私を埋め尽くす。現実を見よと、誰かが言っているようだった。

私を愛してくれるのではないの？

私だけの人でいてくれるのではないの？

優しい風が髪をなぶるように流れていく。頬を伝う冷たさに、初めて自分が泣いている事に気づいた。目の前の光景は風では流れていってはくれない。

なぜ、彼女なのだろう。

婚約者の私ではなく、なぜ、なぜ彼女にあんな顔をするんだろう。私と過ごすときも笑顔だったのに。彼は優しいから、いつだってどんな話だって笑ってくれて、優しい声で話してくれる。

（私たち、仲良かったよね？）

嫌《きら》ってなんかいなかったよね？

だっていつも笑ってくれてたじゃない。嫌な顔ひとつしなかったじゃない。

私は、捨てられるの？　アナタに捨てられた私はどうすればいい。

ねえ、捨てないで。

捨てないでよ。

（私は、私は……――）

どす黒い感情が心の奥底から溢《あふ》れ出してくるのを感じた。身を引き裂くような痛烈な痛み。

「ああそうか。あの子を殺せばいいんだ」

あの子がいなければ、アナタは私を見てくれる？　あの子がいなければ、アナタは私に笑いかけてくれる？

「あの子が私の場所を奪った」

胸がギュッと締め付けられる。まるで首を絞《し》められているようだ。

「あの子が私の場所を奪った」

動悸が乱れ、呼吸が苦しくなった。四肢が先から凍えるように冷えていく。

「あの子が私の場所を奪った」

建物の影が私を覆う。私はどこに立っているのかわからなくなった。ただ、目の前の男女だけが輝かしく、眩しくて、温かそうで、凍えるような冷たさなどそこにはない。

「……あの子が、わ、私の場所を――っ」

目頭が熱くて、止めどなく零れる滴《しずく》が頬を濡らしても、それを拭《ぬぐ》ってくれる人はいない。私のそばには、誰も、いないのだ。

「レオナルド様……っ」

置いてかないで、置いてかないで……！

感情が渦を作り巻き上げる。荒れ狂う波のように嫌な音を立てて騒《ざわ》めいていた。まるで悲鳴のようだ。泣き叫びたい悲鳴。強い感情。もがいてももがいても襲い掛かる感情。

（いやっ――）

この嫌な感情に暗闇に、私の感情が、存在のすべてが、呑まれ、いなくなる。

これは〝キャサリン〟だ。

彼女の感情だったんだ。助けて、という悲痛の叫びが胸を締め付け、顔が歪《ゆが》むのを止める事が出来なかった。痛いほどの感情が逃げ場をなくし叫んでいた。

目を閉じた私は温もりを探すように顔を手で覆う。光を失った闇が静かに背後へ回り、私を温めようと誰かが手を差し伸べるのを感じた。その手を握れば楽になれるのだろうか……

「――キャ……」

手が止まる。

「――キャサ……ン」

身体が温かくなった気がした。微かに聞こえていた声が段々とはっきり聞こえるようになった。

「ねえ、キャサリン。私のお姫様。そろそろ目を覚まして」

濡れそぼる頬を優しい手が撫《な》でる。感じられる温もりに、目頭がより一層熱くなった。

「キミがいないとダメなんだ」

身体を包む心地良くも馴染んだ温もりに、忘れていた呼吸を取り戻した。息が震える。

「私を喜ばせるのはキミだけなんだよ」

――ねえ、キャサリン。

――キミが好きだよ。

目の前の男女が大きく揺らぐ。崩れ落ちる光景に私はほっと息を吐いた。覚めぬ悪夢がようやく終わりを告げた。

心を包む温もりに応えるように私は震える目蓋《まぶた》を持ち上げた。ぼやける視界に人影が映る。それは今にも泣き出しそうな顔のレオナルド様だった。

＊　＊　＊

隣国の子爵令嬢であるマリアンネ・ブラウンとダルトワ伯爵の逮捕は世間を震撼《しんかん》させた。

その内容は麻薬の製造、密売、武器の密輸などショッキングなものばかり。彼らと共に貴族や商人たちが芋づる式に続々と逮捕されたことによって人々の関心が高まり、麻薬の抑制にも繋がった。

それとは別に、王都郊外の家が一軒、農民による襲撃を受けたという情報も流れたが、マリアンネという強い存在に隠れ、話題になる事もなく終わった。

そして、二人の貴族が逮捕された事によってバーゴラ王が企《くわだ》てていた計画が明るみとなり、バーゴラは周辺各国から強く非難された。加盟していた同盟からは王の譲位を要求され、従わない場合は国際的な制裁に加え、同盟国から除籍する事となった。

無論バーゴラではすぐさま王と王妃の退位が決定し、優秀な王太子が即位した。新王は謝罪として、オータニアとヴァンドジールに対して関税の減免と技術情報を無償提供する事を約束した。

トルークは極秘作戦のもとで軍部により制圧、解体が行われ、誰にもその存在を知られる事なく消滅した。

――そして、キャサリンが誘拐された事件は一切表沙汰になる事はなかった。

キャサリンは王宮にほぼ軟禁状態で外部との連絡も遮断させられていた。そのおかげで彼女の不在は誰にも知られる事なく、トルークの件も含め、事件に関与した全員がレオナルドによって牢へ送られたため、それらが口外される事はなかった。

彼らは二度と地下から上がってくる事はないだろう。

麻薬を無理やり吸わされたキャサリンは記憶障害が残るかもしれないと当初は言われたが、特に症状が出る事もなく、回復していった。

本人も大量の麻薬を摂取した事で死を覚悟したが――彼女は知らなかった。数年以上前から、彼女には毒耐性があった事を。レオナルドの指示によって数多くの毒物に順応するよう、彼女の食事にはごく少量ずつだが毒が混入されていたのだ。おかげでキャサリンには知らないうちに毒物に対する抵抗力を手に入れていた。

ちなみにそれは王族であるレオナルドやダヌアと同格で、そのおかげで麻薬の影響が少なかったと言えた。

＊　＊　＊

――事件から早一ヶ月。

紆余曲折を経て私は無事回復し、再び制服に袖《そで》を通した。

「なんだか随分久しぶりな気がするんだけど……、変じゃない？」

「とてもよくお似合いですよ」

「アマンダはなんでも褒めるから判断つかないわ」

「お嬢さまに似合わないものなんて、この世にありませんから」

「……揺るぎないわね」

アマンダはあれからも私に仕《つか》えてくれている。

彼女の雇用主は本当はレオナルド様で、私の護衛と監視が任務だと知ったときはすごく複雑な気持ちだった。

けれど私がアマンダを信頼しているのには変わりない。だから私たちの関係は何ひとつ変わる事はなかった。

(久しぶりの登校が、まさかレオナルド様の卒業式だなんて)

——卒業式。本来なら私はそこで婚約破棄を突き付けられ、断罪される。……はずだった。

けど私はここにいる。誰かを傷つける事なく、誰に責められる事なく。〝キャサリン〟の人生ではなく私の人生が始まろうとしていた。

(長かった。……長かった気がする)

七歳で前世を思い出してから抗《あらが》い続けた九年間。今世に生を受けて絶望し、けれど必ず光があると信じて生きてきた私の軌跡。そして掴《つか》んだ本当の、私だけの光……

知っていた物語は大きく歪《ゆが》み、今、立ってるここは他人に綴《つづ》られた物語じゃない。私がこれから刻む物語だ。

——もうヒロインはいない。

——悪役令嬢もいない。

この世界はもう小説の世界ではないのだ。

晴々《はればれ》とする気持ちに、私は今まで以上に大切に人生を歩んでいこうと心に誓った。そう、彼と共に。

「下級生生活を満喫する事なく進学するのが辛い……」

「お嬢さまは学園へ行かなくても全く問題ないと思うのですが」

「そういう問題じゃないのよ。人生において学生期間なんてちょーっとだけなの。大人なんてボーッとしてるだけでなるんだから。大切なのは学生生活の中で培《つちか》われるコミュニケーション能力よ。そして学生は学ぶだけが学生じゃないの！」

本当は買い食いなんてのもしてみたいのよ、とこっそり言うと、そっちが本音ですね、とアマンダは笑った。今まで見た事のない素敵な笑顔だった。

今日卒業するレオナルド様はいつも以上にキラキラと輝いていた。制服ではなくモーニングコート姿で、髪は撫《な》で付けられている。控えめに言ってもめっちゃくちゃカッコイイ。二重にも三重にもエフェクトがかかっていると疑いたくなるような輝きだ。

準備のために先に登校していたレオナルド様は挨拶もそこそこに、私を別室へ案内した。

そこは会場から程近い貴賓室《きひん》だ。来客でもいるのかと彼を見ても微笑むばかりで答えてくれない。よくわからないまま、ほとんど押し込まれる形で室内へ入ると、そこには侍女と仕立て屋と思われる人々。そしてその中心には綺麗なドレスが置かれていた。

それは明らかに卒業式で着るような盛装……、美しいドレスだった。

「………ちょ、ちょっと待って。一応聞きますけど、そのレオナルド様と対になっていると思われる素敵なドレスは私のではないですよね？」

混乱する頭を抱えながらレオナルド様に聞いた。嫌な予感がすっごくする。

「キャサリンのだよ？」

「は？」

ニコッと優しいように思えて優しさを感じない笑みを浮かべ、無情にも指示を出し始めたレオナルド様に必死で縋《すが》り付いた。ちょっと待って、本当に！

「今日は、レオナルド様たち最上級生の卒業式で、私は関係ないですよね!? なんでドレスがあるんですか！」

「キャサリンも一緒に卒業するからだよ」

「はぁ!?」

そのまるで「何わかりきった事を聞いてるの？」と言わんばかりの表情で首を傾《かし》げるレオナルド様にブチ切れそうになった。

それこそ「なんでそうなるのよ！」と胸ぐらを掴《つか》みたいが、私を囲んで作業を始めた侍女たちのせいで身動きが取れず、私は指先ひとつ満足に動かす事が出来ないまま目線だけで怒りをぶつけた。

「私は学生でいたいって言いましたよね。レオナルド様も了承してくださったと思っていたのですが？」

「確かに了承したけど、キャサリンが言ったのは〝まだまだ学びたい事が沢山あるから講師たちのもとで学びたい〟だったよね。それだったら学園に通わなくても出来るよね。だって講師を呼べばいいのだから。おかしくないよね」

「いやいや！　おかしい、十分おかしいですから！　驚きの屁理屈ですから！」

あれよあれよと言い争っている間に私の準備が完了してしまった。採寸もせずに身体にぴったりくるという事は、アマンダが一枚噛んでいるのは確実だった。こんの裏切り者ぉ！

「ああ、やっぱりとても似合う。……すごく綺麗だ」

「うぐっ……あ、ありがとうございます」

蕩《とろ》けそうな瞳で微笑み甘い言葉をかけるレオナルド様を直視出来ずに、私ははにかんで俯《うつむ》いた。

いつも好意を包み隠さず伝えてくれる彼に、私もいつかお返しがしたいと思う。自覚した気持ちもまだちゃんと本人には伝えられていないから。それでも最近は少しでも応えようと、恥を忍んでちょっとだけ甘えたりしていたのだけど。

愛おしそうに見つめてくるレオナルド様は私に手を差し出した。おずおずと自分の手を重ねるとギュッと優しく握られる。

「キャサリン、これからはずっと一緒だよ」

軽く引かれた手に身体が傾く。頬に手が添えられたと気づいたときには唇に温もりを感じた。軽いリップ音を立てながら離れていくレオナルド様の長い睫毛《まつげ》を見つめながら、私は発火するのではないかというぐらい真っ赤になった。

「〜〜っ、人がいるのに！」

まだ室内に残っていたメイドたちに目撃されてしまい、恨めしい気持ちでレオナルド様を見つめる。彼は嬉しそうに再び手に力を入れた。

（わかってる、わかってるのよ。ちょろいって事ぐらい。ダヌア様にも教えられたもの。ちゃんと理解してるわ。でも、でもね、……こんな顔を見たら怒るに怒れないじゃない）

私が悔しさのあまり握られた手に力を込めるとこれまた嬉しそうに笑った。

「キャサリン。卒業、おめでとう」

「――っだから、まだ卒業しませんってばー！」

意地になり叫んだけれど、結局離れたくない一心で卒業させられた私はそのまま王宮で過ごす事になり、レオナルド様に振り回されながら溺愛人生を全うした。

そして彼が王として即位する頃には私たちの間には家族が増え、世界でも有名な仲睦《なかむつ》まじい国王夫妻として名を馳せる事となったとさ。

この作品に対する皆様のご意見・ご感想をお待ちしております。

おハガキ・お手紙は以下の宛先にお送りください。

【宛先】

〒150-6008 東京都渋谷区恵比寿4-20-3 恵比寿ｶﾞｰﾃﾞﾝﾌﾟﾚｲｽﾀﾜｰ８Ｆ
（株）アルファポリス　書籍感想係

メールフォームでのご意見・ご感想は右のＱＲコードから、
あるいは以下のワードで検索をかけてください。

アルファポリス　書籍の感想　検索

ご感想はこちらから

本書は、「アルファポリス」（https://www.alphapolis.co.jp/）に掲載されていたものを、改稿、加筆のうえ、書籍化したものです。

なんで婚約《こんやく》破棄《はき》できないの!?

稲子（いねこ）

2021年 2月 5日初版発行

編集－本丸菜々・塙綾子
編集長－太田鉄平
発行者－梶本雄介
発行所－株式会社アルファポリス
〒150-6008 東京都渋谷区恵比寿4-20-3 恵比寿ｶﾞｰﾃﾞﾝﾌﾟﾚｲｽﾀﾜｰ8F
TEL 03-6277-1601（営業） 03-6277-1602（編集）
URL https://www.alphapolis.co.jp/
発売元－株式会社星雲社（共同出版社・流通責任出版社）
〒112-0005 東京都文京区水道1-3-30
TEL 03-3868-3275
装丁・本文イラスト－縞
装丁デザイン－AFTERGLOW
（レーベルフォーマットデザイン—ansyyqdesign）
印刷－図書印刷株式会社

価格はカバーに表示されてあります。

落丁乱丁の場合はアルファポリスまでご連絡ください。

送料は小社負担でお取り替えします。


ISBN978-4-434-28416-8 C0093